○ 青年时期

左图　在部队
右图　演出：天使扮相

● 上图　与师父李金斗、搭档付强合作演出
○ 下图　与相声演员万宇合作演出

个人相声专场

与相声演员万宇表演双簧

演出扮相

○ 剧照

越冷越幽默

方清平 / 著

北京时代华文书局

图书在版编目（CIP）数据

越冷越幽默 / 方清平著 . -- 北京 : 北京时代华文书局 , 2023.4
ISBN 978-7-5699-4763-2

Ⅰ . ①越… Ⅱ . ①方… Ⅲ . ①随笔－作品集－中国－当代 Ⅳ . ① I267.1

中国版本图书馆 CIP 数据核字 (2022) 第 232586 号

拼音书名 | Yue Leng Yue Youmo

出 版 人 | 陈　涛
特约策划 | 胡　家
责任编辑 | 周海燕
执行编辑 | 徐小凤
责任校对 | 凤宝莲
封面设计 | 程　慧
版式设计 | 王艾迪
责任印制 | 訾　敬

出版发行 | 北京时代华文书局 http://www.bjsdsj.com.cn
　　　　　北京市东城区安定门外大街 138 号皇城国际大厦 A 座 8 层
　　　　　邮编：100011　电话：010-64263661　64261528

印　　刷 | 北京盛通印刷股份有限公司　010-52249888
　　　　　（如发现印装质量问题，请与印刷厂联系调换）

开　　本 | 880 mm × 1230 mm 1/32　　印　张 | 8　　字　数 | 175 千字
版　　次 | 2023 年 5 月第 1 版　　　　　印　次 | 2023 年 5 月第 1 次印刷
成品尺寸 | 145 mm × 210 mm
定　　价 | 68.00 元

版权所有，侵权必究

目录

序言 ○ 02
一不留神就老了

为什么不爱笑 ○ 004

打工记 ○ 009

师恩若水 ○ 016

台上的尴尬时刻 ○ 024

南漂儿 ○ 036

码字生涯 ○ 042

我要上春晚 ○ 052

重出江湖 ○ 060

我要出圈儿 ○ 069

我的多半生

我的母亲 ○ 082
赵家三辈人 ○ 090
一些故人 ○ 104
寻找故乡 ○ 129

故人和故乡的故事

我有酒，也有故事 ○ 144
吃货精神 ○ 166
饭局漫谈 ○ 186
借钱的艺术 ○ 190
理想会变成现实 ○ 196
相声画儿 ○ 215

有定数的生活

序言

一不留神就老了

虚度了五十年，不是谦虚，真是虚度。

我读名人传记，看人家经历了那么多的悲欢离合，大起大落。而我的人生呢？仿佛文笔拙劣的编剧写的剧本，刚有个开场，没有悬念和波折，马上就进入了结局。

回首往昔，我也想努力地感慨一番，不然就显得我的人生太无趣了。

而立之年，我写剧本挣了几万块钱。朋友前呼后拥，每天吃晚饭至少能凑一桌，都是我请客！后来买了辆两厢夏利，在我心目中那车相当于现在的顶级路虎。那时候我很快乐。

在不惑之年参加相声大赛，说了段单口相声。某天晚上打车，师傅说："你不是说单口相声的方清平吗？"这可以说是我人生第一次碰见粉丝，我当时的高兴程度，不亚于洞房花烛夜、金榜题名时。我脑海里想起了大杂院里那个守在破收音机前听相声的穷孩子，想起了在公园说相声，招来路人轻蔑眼神的无业游民。

我愣是到金鼎轩花三百多块钱，请这位知音喝了顿酒（师傅把车停饭馆门口，吃完就打车走啦）。

后来我把单口相声说出了北京，说遍了全国。走在拉萨的街头，一位藏族同胞喊我："方清平！"到了西双版纳的基诺山，一位基诺族的兄弟看着我说："你是说单口相声的？"澳大利亚一个华人富豪有抑郁症，在当地华人医院的电视屏幕上看到我的相声演出，很是喜欢，从那以后他听我的段子慢慢缓解了抑郁的情绪。他托一个回国的医学教授带话给我表示感谢，还委托教授为我诊病。我心想：作为一个说单口相声的演员，我这辈子值啦！

　　我仿佛有点儿悟了。

　　"人生如梦"这话太准确了。回忆起过去的喜怒哀乐、悲欢离合，仿佛是另一个自己，一切都变成了过眼烟云，没在生命里留下一点儿痕迹。

　　在我年轻的时候，社会上讲究资历，都是岁数大的人说了算；如今我上了点儿岁数，也到了给别人指手画脚的年龄，情况又不一样了，现在没人听老年人"掰扯"了！

　　那我也想拍拍老腔儿奉劝一下年轻人，不论你正经历着幸福或者煎熬、荣誉或者羞辱，都别当回事儿。那就是个梦，早晚有醒的时候。你只要把这一觉睡舒服就行了，保养好身体，等梦醒了的时候，还能出去活动活动。

　　我还悟明白了四个字——"人生如戏"。这话在追悼会上体验得最深刻。以前参加追悼会，锥心刺骨地难受，痛哭失声。现在呢，感觉跟演了一场戏差不多，恍恍惚惚就过去了，唯一的区别就是没地方领劳务费。

　　以前听说身边有亲友去世，无比震惊、悲痛。随着年龄的增长，身边离去的亲友多了起来，也就逐渐淡然了。生死是自然规律，谁都有那么一天，包括我自己。

假作真时真亦假，无为有处有还无。是人生还是演戏，从人的内心感受来讲没什么区别。

我十几岁时的理想是跟马三立先生一样，每场演出都那么火爆，一出场就赢得满堂喝彩，我冲观众频频作揖。

二十岁时，我的目标是挣好多好多钱，天天吃卤煮火烧，隔一天来一顿爆肚，一个星期涮一次肉，一个月去一回全聚德。

三十多岁时，我希望的是出去跟哥们儿喝酒的时候，有个漂漂亮亮的女明星跟着我。我轻描淡写地向哥们儿介绍："这是我女朋友。"女朋友羞涩地冲我一笑，"讨厌！"

四十岁，说单口相声有了点儿名气，我的想法是用这点儿知名度多赚点儿钱，哪怕过气了也有钱花。

现在五十岁了，我的人生目标就是身体健康，多活几年。

怎么突然不着边际地发了这么多感慨呢？因为我生病了。

医生给我开了一摞检查单，这十几天我把所有的项目全检查了一遍，也顺便把医院内部复杂的地形全摸清楚了，估计当个医导都没问题。

我把化验单交给医生——他是我的哥们儿，看了我的化验单，他跟我说："方哥，你太不注意了！你知道你现在什么情况吗？七八十岁的老年病的指标，都该进ICU了！"化验室的哥们儿还说，我的情况真的离死不远了。

我躺在医院的病床上，怎么也睡不着。突然感觉病房有点儿像寺庙，让我可以把尘世的欲望和烦恼都抛在脑后。眼前一片雪白，脑子里也一片空白。

外面传来凄惨的哭声，我突然冒出个念头，感觉死的人是我，哭的人是妻子……后来哭声变成了骂声，再后来我知道了——原来是一位病人喝多了，在撒酒疯。

隔壁一个怪老头儿又在骂人了。估计给他输液的不是年轻护士，而是上了岁数的护士长。怪老头儿已经病危了，连儿女都不认识了，但是他能分辨出年轻护士和岁数大点的护士。年轻护士给他输液，他就笑；岁数大的护士给他输液，他就骂街。

护士长又在数落对门病房的那个护工。护工是一位中年农村女性，照顾一个单身老头儿。两人私订了终身，女护工到了晚上总是跑到老头的病床上睡，让老头儿睡她的折叠椅。

白天老头儿的儿女还把女护工骂了一顿，说她想霸占老头儿那两室一厅的房子，"没门儿"。

医院是个神奇的地方，外面很乱，我的心却出奇地宁静。以前脑子里想的是前途、事业、金钱，现在脑子里考虑的是健康、死亡。

因为我的时间不多了。

我假想着妻子听到医生说"我已经尽力了"之后，痛哭失声的情景。

我假想着亲友们听到噩耗时惊讶的表情。

我假想着自己的追悼会——

追悼会一定要在八宝山举行，老字号讲信誉，保证骨灰是自己的！估计进不了一号厅，我的级别不够，团里不给报销。不进也好，一号厅太大，万一去的人少，显得太冷清。

二号厅就可以，大小适中，显得温馨。二号厅有四个：梅、兰、竹、菊，就在梅厅吧，离洗手间近，亲友们上厕所方便。

致悼词的是谁呢？理想的人选应该是冯巩，他是我们单位领导，我又是他调进团的，这事儿他应该帮忙。他会不会说那句"我想死你啦"？这回是真给我想死了。

要说死了也挺好！平常我见着他得点头哈腰的，这回他得给我鞠躬。我连礼都不用还，一还礼能把他吓死！

亲友们还要转着圈瞻仰遗容。不知道给我化妆的师傅手艺如何，我不希望化得面无表情，最好有点儿笑容。活着的时候大家说我是"冷面笑匠"，死了的时候总该笑着跟大伙儿告别。

我估计没几个真哭的，好多都是来看热闹的！追悼会结束还得请大家吃饭。在中国，结婚、生孩子、办丧事……干什么事儿都离不开请客吃饭。

这帮人吃饱喝足，拿着打包的剩菜回家了。家里人还问呢——

"今天干吗去了？"

"参加追悼会去了。"

"谁去世了？"

"就那谁……哎，今天烧的是谁来着？哦，想起来啦，是方清平。"

"方清平死啦？"

"啊！"

"……你带回什么菜啦？"

这事儿就算永远过去了。

第十天，大夫的话打断了我的遐想，"告诉你一个好消息，你的指标大部分都恢复了，看来就是喝酒造成的。"

突然间，出大名、挣大钱、买别墅这些事情又一起涌上了我的心头……

但我还产生了一个强烈的念头，写一本书。

我摸着黑打开电脑，开始写。

我应该总结一下，活了大半辈子，虽然没有多大成就，但是有经验教训，给年轻人当个反面教材也好。我年轻的时候就是因为没有反面教材，生了好多不该生的气，着了好多不该着的急，也享了好多不该享的福。

不过话说回来，那时候真有这书我也看不进去。俗人都是事后诸葛亮。当然了，也有一辈子糊涂的。在庐山里头就能看清楚庐山长什么样的人，那才是真诸葛亮呢！

越冷越幽默

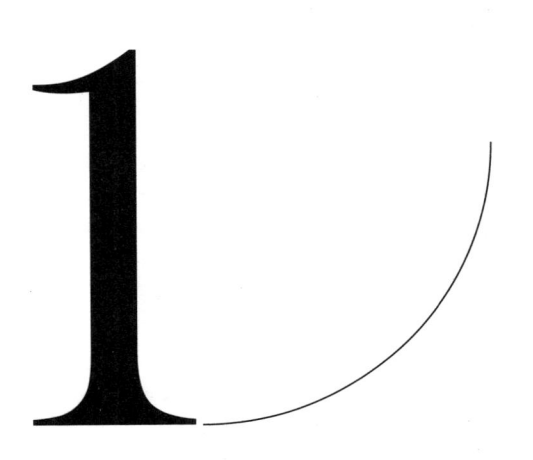

我的多半生

1

我说过很多段子，让很多人印象深刻的，还是我在相声大寨上说过的那段《幸福童年》。

这种情况是很多演员所困惑的，艺术造诣越来越深，作品越来越成熟，但是给人们留下深刻印象的，往往是刚出道的时候，糊里糊涂弄出的一个东西。

不少同龄人跟我说过，他们能够从那个段子中，找寻到自己童年的影子。他们认为那个段子里面最精彩的情节，就是把头塞进课桌拔不出来那段。当时把现场的公证员阎梅女士笑得趴在了桌子上。很多人都怀疑阎梅是我的托儿，其实我们俩到现在也没说过一句话。

顺便说一句，这个情节是我的酒友兼老师、词作家白云海先生提供的，他上学的时候确实把头伸进过课桌，只不过套着一个书包，而且顺利地拔出来了。

我也曾经尝试着写《幸福童年》的续集，但是效果不佳。因为我童年的笑话基本上在那个段子里说干净了，剩下的记忆大多没什么可乐的。

今天，我就把那些没什么可乐的故事，说给您听听吧。

为什么不爱笑

有人叫我"冷面笑匠",因为我在台上不爱乐,到了台下,也跟面瘫似的。小时候我就这样,整天面无表情,心事重重的。

那时候的孩子,没有好吃的、好穿的、好玩的,但是快乐并不比现在的孩子少,不过我跟一般孩子不一样。

首先,我爸爸有海外关系。我爷爷在印尼做过生意,当然了,跟李嘉诚、霍英东没法儿比,也就属于"小商小贩"。20世纪50年代末,印尼排华,我爷爷的资产留在了国外,人逃回老家。后来赶上自然灾害,我爷爷倒是没受什么罪,直接饿死了。

我们家唯一的海外关系死在国内,却给我爸爸弄了个海外关系。有海外关系,就有人说你可能是外国特务,有可能在北海公园跟人接头,把咱们的图纸卷在一本画报里,交给另一个特务。

我爸爸原来在铁路部门搞技术,后来不让他搞了。干脆,修铁路去吧。一个搞技术的人,被派去干全单位最没有技术含量的活儿。他跟一般修铁路的人也不一样,随时被监视,防止他给外国人发电报。我爸爸哪儿会发电报呀?他有急事儿跟老家联系,还得去电报大楼那儿。那时候的人思维都比较跳跃,他们假想我爸爸会发电报,他的手表、皮鞋或者自行车坐垫,都有可能是发电报的工具。他们假想等到夜深人静的时候,我爸爸会拿出皮鞋,用手指敲击着鞋跟,"嘀嘀嗒嗒"地给外国人发电报。

雪上加霜,我爸爸又犯了重婚罪。我爸爸在福建老家结过一次婚,那时候才十几岁,父母包办,没什么感情。二十岁时我爸爸跟着王震将军的铁道兵修鹰厦铁路,从老家出来之后,他就跟老家的女人彻底断了。

老家的媳妇儿不甘心,找上门来。我爸爸当初跟她结婚的时候就没领过结婚证,后来也就没办离婚证。但按当时的政策,我爸跟我妈结婚,就等于犯了重婚罪!

那年头,两人搞对象在河边亲热,让纠察队遇上了都得定为"流氓行为",进行严厉的批评教育,更甭说犯重婚罪了。我爸爸差点儿因为这事被关进监狱,领导让他在工地上接受改造,工资停发,只给生活费。

单位逼着爸妈办理了离婚手续,但两人谁也离不开谁,所以还同住在娘娘庙胡同那间小平房里。我的记忆里,我妈每天回家就是躺在床上骂我爸爸,扯着脖子骂,她心里委屈呀!我爸爸有海外关系,停发工资,住妈妈单位分的房子,这些她都忍了。如今她又由名正言顺的妻子变成了"第三者",搁谁谁不生气呀?

我妈气出了心脏病,经常是骂着骂着就昏过去了。爸爸赶紧从房管局借来手推车,送她上医院。我快步跟在爸爸后面，惊恐万分，担心妈妈会出现生命危险。

第二天早上，我出家门总是低着头，因为爸妈头天晚上吵架了，我觉得丢人，觉得邻居会看不起我。后来上小学，只要学校让带户口本，我就特别紧张。因为我被判给了我妈，所以户口本里没有我爸的名字，我妈的婚姻关系一栏填的是"离异"，我怕老师跟同学看不起我。

有时候在家睡觉，我会在半夜被吵醒。睁眼一看，家里站着一屋子人，是街道居委会的大妈来查户口。爸妈已经离婚了，还住在一起算是非法同居。我爸被居委会的大妈们训斥一顿之后，深更半夜的，还得骑车带着我回单位住。因为房子是我妈妈的单位分的，所以他得离开。

我在爸爸的单位住过一阵儿。我们就住在废旧的火车车厢里，一节车厢住了十几个工人，夏天的车厢让太阳晒了一整天，晚上睡觉跟进了蒸笼一样，我热得整夜睡不着。

爸爸心疼我，晚上就带着我到野外露宿。蚊虫太多，爸爸就从野地里拔了蒿子，点燃熏蚊子。那时候爸爸没有朋友，他一肚子的委屈只能向我倾诉。我虽然岁数小，但是大人知道的事情我都知道了，大人的烦恼也是我的烦恼。

爸爸经常问我："你现在被法院判给了妈妈，万一警察让你跟妈妈过，怎么办？"我小时候感觉妈妈很凶，害怕妈妈，赶紧说："我跟警察说，就跟爸爸过。"

爸爸欣慰地笑了，我可发愁了。我担心那天真的到来，我害怕见到穿制服的警察。

白天爸爸干活，我独自在铁轨旁玩儿，会有好奇的工人过来问："你爸爸还跟你妈妈住在一起吗？"我斩钉截铁地回答:"没!"我怕这人是便衣,来打探我爸爸的情况。

　　远远地看到我爸单位的领导过来,我会迅速地躲起来。我知道单位不让带孩子来上班,让领导看见我,爸爸又会被狠狠地骂上一顿。

　　整天担惊受怕,再加上营养不良,导致我小时候长得脑袋大、身子小,还有点儿鸡胸脯。医生说我严重缺钙,有得软骨病的危险。

　　我为什么不爱笑呀?受到小时候这些经历的影响,我还笑得出来吗?

　　我童年大部分时光是在奶奶家度过的。奶奶不是我的亲奶奶,是个街坊邻居。我出生一百天就住到了她家,直到上小学才离开。

　　他们家三个孩子,加上她和老伴儿总共五口人,就靠老伴儿每个月的几十块钱工资生活。奶奶靠着精打细算,把家中的日子过得红红火火。老两口儿非常和睦,几十年来从没红过脸。虽然穷,但是孩子们都穿得干干净净的,绝不比别人家孩子差。

　　三个孩子慢慢长大,爷爷那点儿工资实在不够花销,奶奶就帮人带孩子贴补家用。要买菜、做饭、做家务,照顾老伴儿和三个孩子,再帮人看护孩子,奶奶每天的工作量可想而知。但是奶奶脸上从来没有过一丝愁容,一家子的日子过得有滋有味。她跟大多数老百姓一样,知足常乐。

　　奶奶家虽然缺钱,但是她不是守财奴。我刚出生一百天被送到奶奶家的时候,说好了一个月给她十五块钱。那年代物价虽然不像现在天天涨，但是也有缓慢的浮动。我四五岁的时候，别人给人看孩子的价码已经是三十块钱一个月了，她跟我们家还是只要十五块钱。她知道我们家日子也不好过。老人还会把自己家节省出来的粮票送给我们家。她心疼我，担心我回家吃不饱。

等我上小学时家里不给奶奶钱了，她还是让我放学后到她家去做作业。赶上父母下班晚了，就让我在他们家吃饭。

后来奶奶家的三个孩子都参加了工作，家里的日子总算好过了。奶奶却过早地离开了我们。医生说了，她的病就是常年营养不良造成的。她把肉都留给老伴儿吃了，因为奶奶总说她老伴儿得上班挣钱养活一家人。

奶奶从十几岁嫁到北下关，一直到去世，都是在那两间小屋度过的。这么多年她从来没跟邻居拌过一句嘴，街坊邻居也从没有说过她的坏话。

她走得太早了，去世那年才五十岁。

一辈子受累，却没享过一天福。

打工记

我从小就学相声,也跟着文工团、草台班子演出过一阵儿。但是混来混去,文工团不要我了,草台班子也渐渐不景气了,为了养活自己,我打了一年工。

建筑工

我十七八岁的时候,能去外地演出的机会很少。师叔李方之带着我跟付强,在北京的北海、后海、蓟门烟树一带摆地摊说相声,根本挣不着什么钱,基本上就是为了爱好。

在外头转悠了一天,该吃饭了。师叔买了两份炒饼,"我不饿,你们俩吃吧。"他哪儿是不饿呀,兜里就只有买两份炒饼的钱。再后来连吃炒饼的钱都没有了,师叔决定,带着我们打工去。

师叔过去在古建队上班,于是找到了过去单位的同事。他那同事也从单位出来了,当了包工头,在前门东大街承包了一个工程,修建"红光美发厅"。后来我重新当上演员,那时候我还有头发呢,偶尔去"红光美发厅"剪发,我还自豪地跟人家说:"你们美发厅是我盖起来的!"

别瞧我们在台上挺大能耐,到了工地

上就是个废物。什么技术都没有，只能干力气活儿。瓦工站在脚手架上砌砖，我站在下面和泥，再一铁锹一铁锹地往上递。那是全工地最累的活儿，干一会儿腰跟胳膊就酸了，还不能放慢速度。供不上大工的料，人家就会数落你。

工地上管中午一顿饭，吃馒头夹朝鲜泡菜。以前我从工地路过，看见民工吃饭，拿根筷子穿七八个馒头，我还笑话人家呢，"这帮人太能吃啦！"轮到我当民工，才发现自己跟他们一样，一顿能吃五六个馒头。

虽然累但是挺高兴的，晚上收工回到师叔那间小屋，我们能聊喜爱的相声。而且我们那时候有盼头，就是盼着师叔买了马戏大棚，我们上全国各地演出去。这个理想根本实现不了，因为当时没钱。但是我们都相信这个理想终有一天会实现的，那是我们在工地干活的精神支柱。

那时候我们每天的工资是十块钱，按说不少了。但是干了一段时间实在累得受不了啦，我跟付强辞职不干了。我妈妈从单位退休之后，在一个装修队打工，做室内装修。虽说挣钱少，但是活儿没那么累。靠着我妈的介绍，我跟付强又干起了粉刷工，往墙上刷白色涂料。

活儿是轻松了，但是心情不好。离开了师叔，没有了盼头。一个人在空荡荡的屋子里，穿着浑身是白点子的工作服，头上戴着报纸叠的工作帽，一刷子一刷子地刷墙，感觉时间过得很慢，总也盼不到下班。后来想出个办法，一边儿刷墙一边儿背贯口，就是相声段子中的大段独白，时间才过得快点儿。

中午休息的时候，我们就穿着工作服坐在门口儿晒太阳，看见同龄人穿着时尚的衣服，有说有笑地从我们眼前走过，感觉挺失落。后来自己安慰自己："毕学祥多大能耐呀，不是也在房管局上班，给人糊顶棚嘛！"

毕学祥何许人也？他是相声、快板儿、双簧、拉洋片样样精通的老艺人，新中国成立前后在天桥一带很红。后来政府取缔了天桥的演艺市场，艺人们都被调往外地，支援各地的文艺事业。随之，北京新艺曲艺团的全体成员被调往吉林长春。后来部分演员留在长春，余下演员则调往四平加入到四平曲艺团。

毕学祥则留在了四平，毕竟是在皇城根儿下长大的，到那么偏僻的地方能待习惯吗？冬天零下十几度，根本受不了。再加上毕学祥的徒弟游泳淹死了，老人担心自己这一百多斤的肉身也会被扔到关外，说什么也要回北京。

回到北京后没工作，正赶上房管局招工，毕学祥就去应聘。人家问他："你会糊顶棚吗？""没问题呀！"其实他根本不会。人家派他跟两个工人一块儿出去干活儿，三间屋，一人一间。毕先生跟那二位说："你们先干吧，我手快，不着急。"其实他是不知道从哪儿下手。

人家在那儿糊顶棚，毕先生蹲在地上抽着小烟袋观察人家干活儿，把工序一一记在心里。都看明白了，把烟袋一磕，起来干活儿，还真给糊上了。在天桥混饭吃的主儿，能让这点儿事给难住吗？在那儿工作之后，毕学祥就成了棚匠，一直干到退休。

毕先生还算好的呢！跟他一块儿去四平的相声老艺人刘树江，回北京找不到工作，也没地方住。多亏单弦票友希世珍帮忙，在一家宾馆的外墙边搭了个小棚子，刘树江母子俩勉强能遮风挡雨。刘树江后来被迫去郊区各处的赶集会，撂地说相声维持生活。

为什么说这些呀？因为我当小工那阵儿，这些老艺人的落魄经历一直是我的宽心丸儿，我认为自己跟他们一样，是身怀绝技的手艺人，只不过没赶上好机会而已。

装潢工

干了几个月的建筑工，我不干了。自己在外面野惯了，总在母亲身边，有人管着，感觉不自在。当时正好有家装潢公司招工，我跟付强就报名当了装潢工。

我们干的工作叫"立线"，您看过地铁站里，墙上贴的那瓷砖吧？上面有图案，长城啊、黄河啊什么的。那图案是怎么弄上去的呢？得先用铅笔在瓷砖上画线，然后用橡胶泥壶沿着线弄道小泥墙，为的是把各种颜料隔开，省得串色。我们一屋子人坐在一间大屋子里，每人脚下放一堆瓷砖，埋头干活儿。

给瓷砖上好了色，得拿到后头的炉里烧。我当时很想调换一下工种，去烧窑。因为那样可以单独在一间小黑屋里，把瓷砖放到炉里烧上就没事儿了，可以琢磨段子。但是不可能，有个小帅哥很受女老板喜欢，这个好活儿派给他啦！原来不仅女人能靠脸蛋儿吃饭，男人也可以。长一张漂亮的脸蛋，干什么都吃香。

虽说工作挺枯燥，但是遇见一个女孩儿，我们开始了一段似是而非的恋爱,这段恋爱给我的打工生活增添了色彩。这个女孩儿当初听过我说相声,对我相当崇拜,也对我的现状很同情,天天缠着我聊天开导我。

女孩儿会画画儿,帮我画地铁月票,每月给我节省了一笔费用。那时候单位没食堂,女孩儿就天天给我带饭。我们俩本不在一个车间工作,她跟老板要求调到了我在的那个车间。

付强这时候也遇到了一个女孩儿。这女孩儿曾经是个歌手,我们同台演出过。后来也没演出机会了,只能打工挣钱。我们四个人玩得相当开心,动不动就请假出去。出去也没什么地方可逛,大部分时间是在马路边溜达。记得有一回,我们从军博一直走到了圆明园,您说多大的瘾吧。

钳工

这个工作是我爸爸托人找的,人家就要一个人,付强没去。这回我更孤单了,没人跟我聊相声,也没人知道我曾经说过相声。他们只知道我学过两天相声,没学出来。每天拿着锤子、改锥,不是拧螺丝就是凿钢板。

我的钳工师傅打算把我培养成一个合格的钳工,别人歇着的时候扔给我一个铁块儿,让我在上边打眼儿,练手艺。我的心都碎了,难道说我这一辈子就指着钳子、改锥吃饭了吗?

每天上班这八个小时,我一句话都不说,跟他们也没得聊。那些工人一边干活儿一边开玩笑,连说带唱挺乐呵。只有我一个人心事重重地埋头干活儿，显得很不合群。

干了一个多月，付强的亲戚帮他在印刷厂找了份工作。付强又把我介绍过去，两个人在一起好歹是个伴儿呀。

印刷工

在印刷厂这段时间干得还算舒心。我们的工作是看印刷机，把一摞一摞的白纸上到印刷机上，等印上字从机器那边出来，再给搬下来。工作虽然枯燥，但是工厂不大，总共十几个人，管理也挺宽松的。

我们遇上一位师傅叫范军，那年他三十多岁，对我们非常好。印刷厂的食堂不让临时工吃饭，我们去打饭碰了钉子，心里很窝火。范师傅替我们出气，跑到食堂大闹了一番。范师傅一家三口住在印刷厂的办公室里，后来他就让我们在他们家入了伙，让他媳妇儿给我们做饭吃。

跟我们一起打工的还有两个女孩儿，来自北京郊区县城。长得没有城里人洋气，但是人比城里女孩儿爽快。我们一边儿干活儿一边打闹，男女搭配，干活儿不累啊。

后来，我们又搭上个草台班子，隔三岔五地能去郊区县城演出挣点儿零花钱了。范师傅非常支持，我们请假出去演出的时候，他一个人把我们俩的活儿都包了。有时候演出回来太晚了，我们俩就住在厂子里，省得第二天早起。范师傅从自己家拿来被褥，铺在车间的桌子上，等着我们回去。

这期间正赶上人口普查，我们俩排练了一个小品专题，上了北京电视台人口普查晚会。这下子印刷厂可轰动了，我们俩成了名人。食堂不但允许我们打饭了,每回还都多给我们盛一勺子。

艺人就是这样,只要演出能养活自己了,就什么活儿都懒得干了。我们俩靠演出能吃饱饭了,就把印刷厂的工作辞了。那是一家私人承包的印刷厂,老板不给我们结最后一个月的工资,范师傅还带着我们去老板家要工资,我们也算当了一回讨薪的民工。

后来在当兵期间,我还利用休假时间去范师傅的小屋看过他,请他到门口的川菜馆喝了回酒。等到我从部队复员回京,再去看望范师傅,印刷厂已经搬家了。人去楼空,谁也不知道他的下落。

我总在幻想着,哪天演出完下台,一个又矮又黑、戴着高度近视眼镜的小老头儿站在我面前说:"方儿,还认识我吗?"

但愿这天真的会来。

师恩若水

我的师父是李金斗先生。

传统的师徒关系，不但对徒弟的艺术负责，对徒弟为人处世、道德品质方面也做约束，连娶妻生子、买房买车、买菜做饭等大事小事，全都得手把手教。自从说相声能养活自己，我就不在家待着了，天天跟师父混。

从清末有相声这个行业开始，直到20世纪50年代，相声界拜师都有很严格的程序，要操办一回酒席，举行一个庄严的仪式，请来引师、保师、代师到场，只有这样，别人才承认你是说相声的。

拜师的时候还要有拜师帖，请到场的同行在上面签字，作为入行的凭证。还要写保证文书，在师父家学艺三年，期间如果出现任何人身意外都跟师父没关系。出师之后，三年零一节（一节就是四个月），徒弟挣的演出费都归师父所有。

"文革"期间谁还敢举行这么个仪式？所以拜师这事儿就废除了。一直到20世纪90年代，拜师之风又渐渐兴起。如今相声界人士大聚会，往往不是在演出的后台，而是在两个地方。一处是某某的追悼会，一处是某某的拜师会。

如今很多拜师之"徒"并不说相声，

只是喜欢相声这个行业，喜欢老师的名气和为人，或者就是喜欢这种传统的师徒关系，觉得让师叔、师爷等前辈聚在一起是挺好玩儿的，跟武林大会一样。如今的辈分跟岁数、艺龄、业绩、资历全都没关系，就是个排序的方法。

当初我们没什么钱，师父说了："别花钱摆酒席了，我承认你们就行了。"

初次跟师父相识，是在丁广泉老师家。丁老师要举办一个煤矿安全主题的相声专场，有师父的一个节目，他去给丁老师送本子，丁老师就介绍我们认识了。当时师父已经听说过"小马三立"（我当年的外号）这个人，说了几句鼓励、表扬我的话。

我跟付强送师父下楼，当时师父还没买汽车，骑一辆生了锈的老式自行车。后来我们才知道，那辆车是美国进口的，要是搁到现在拍卖，能卖出一辆小汽车的价钱。

后来这个相声专场参加中央电视台的录像，我们是第一个节目，师父在后面演。他站在台边看了我们的表演，我们请他提意见，师父很热情，说："有时间到家里去，慢慢给你们说。"

过了几个月，我跟付强要参加一个区办的文艺会演，到师父家请他辅导。那时候师父虽已成名，但尚未大火，一家三口还住在五十平方米的单元楼里。客厅是个狭小的长条形，而且没有窗户，白天也得开灯。

进屋换拖鞋时，我跟付强都露怯了。我们那时候靠演出挣钱挺难，不跟现在的孩子似的，会狮子大张口跟家里要钱花，所以我们那会儿的生活有点儿窘迫。我们俩的袜子，全都露了肉。师父打开抽屉，取出两双袜子，让我们俩换上。当时虽说有点儿尴尬，但是又感觉很亲切，师父这个举动一下拉近了师徒之间的距离。

中午到饭点，师父请我们吃的麻酱面。师父家的麻酱面很讲究，花生酱跟芝麻酱以3∶7的比例调配，要搅拌很久，调得都出油儿了，用筷子挑起一点儿来，呈线状流下。吃的时候再配上花椒油、醋、黄瓜丝儿，感觉奇香无比。

那时候我没单位，没本事，没钱，属于标准的"三无"人员。虽想拜师，成为相声的正宗门里人，但是一直没有勇气开口。

后来，我跟搭档付强当兵到了部队，四年换了三个单位，辗转奔波，跟师父的联系就更少了。

但是师父并没有忘记我们，在我快要复员的时候，师父给我打来电话，说南京前线歌舞团需要一个相声演员，可以介绍我过去。对于当时的我来讲，这是个非常好的机会，能提干，还能从文艺兵转为职业相声演员。

我到前线歌舞团考试，很顺利地被录取了。由业余的转为专业的，我终于有勇气提出拜师的请求了。感觉自己跟师父说分量不够，我跟付强托王丹蕾老师介绍，师父听王老师说完，满口答应。

王丹蕾老师是中国曲艺家协会的干部，话剧艺术家杜鹏先生的公子。可惜后来英年早逝，在五十岁出头的时候，突发急病去世了。在王丹蕾先生的追悼会上，我给他磕了四个头。因为他是我拜师的介绍人，对我有恩，我必须大礼参拜。

我跟付强作为徒弟到了师父家,跟师父提出了摆酒席拜师的事儿,师父当即拒绝。他说:"你们没钱,花那冤枉钱干吗呀?"

我拜师没给师父买任何礼物,师父还给我二百元钱,让我到南京之后,用这钱买礼物探访一下在当地的相声前辈,也算是到当地的相声界挂个号。

就这样,我拜师一分钱没花,还赚了二百块。

那年我二十三岁。

在南京待了半年我就离开了。一是水土不服,二是付强一个人在北京没有搭档,我又回到了北京,再一次面临找工作的问题。付强得着个信儿,燕山石化有个文工团缺说相声的。他把这事儿跟师父一说,师父马上花钱雇了一辆专车,带着我们到了几十公里外的燕山石化。因为我们是师徒关系了,我们的事儿就是他老人家的事儿。领导一瞧师父去了,看着名人的面子,马上答应录用我们俩。

学艺

师父的名气大,艺术造诣太深,我们见了师父就紧张。师父让我跟付强表演一段相声,我们俩说得磕磕绊绊,紧张得满头是汗。师父自然不满,一顿训斥。然后他亲自示范,让我们再来一遍。这下我俩更紧张了,说得还不如上一遍。师父更加生气,又一顿数落。

我把师父教的东西都记在心里了。回到家里放松下来,回忆师父示范的过程,一遍一遍地练动作、练表情。

相声这种东西不但要靠学，更需要靠熏陶。那几年我们跟师父朝夕相处，他四处演出，我们就在旁边观摩。跟着他排练、对词儿，细心揣摩，久而久之也潜移默化，受益匪浅。

随着师父的名气越来越大，演出也越来越多，他已经没有时间教我们俩了。他深感我们的基本功底太差，就介绍我们到他的师父、我们的师爷赵振铎先生那儿去学习。后来赵先生去世，师父又把我们介绍到他的师叔丁玉鹏先生那里学习传统相声。

丁玉鹏先生跟师父本没有太多的来往，但师父隔三岔五地就去看望丁先生。丁先生去世，师父给了一笔钱买墓地，还从头到尾帮着张罗后事。

我那时候一直给付强捧哏，相声说得不怎么样，还自以为说得不错，师父恨铁不成钢。每次到师父家，我都要让师父数落一遍。为了避免挨训，我去师父家的次数渐渐减少了。有了段子也不让师父排练了，自己想怎么演就怎么演。三十岁开始，做了十年职业编剧，跟师父学说相声的时间就更少了。

四十岁的时候，我重返舞台说单口相声，深感自己传统相声的基本功太浅。这时候我才后悔起来，年轻的时候太贪玩儿了，没把师父的一身本事学过来。随着社会经验的增长，我终于明白，师父当年对我们的批评，句句都是至理名言。如果当年听师父的话，现在我的表演还能更上一个层次。

亡羊补牢，我又开始到师父家跟师父学段子了。师父为了见效快,还亲自给我捧哏,合作表演。这也是他从王长友老先生那儿学来的经验,当初他学艺,就是他的师爷亲自为他捧哏。

有一次在师父家喝酒,师父推心置腹地跟我说:"你现在知道用功了?晚啦!一定要珍惜跟我合作的机会,我已经七十多岁了,说不定哪天,就上不了台喽。"

学礼

我独自在外面闯荡了几年,才正式拜师。师父教育我:"要想成为一名专业的相声演员,必须脱胎换骨,重新做人。"当时不理解师父的话,后来跟在师父身边观察,发现自己确实得学。

我在外面自由散漫惯了,说话办事都毛毛躁躁的。师父说了,处事要稳重,遇见什么着急的事儿都别慌。跟人交往的时候,说话办事要慢条斯理,条理清楚,轻声细语,注意礼貌。我父母都说,跟着师父一段时间之后,我像变了个人似的,变得懂事儿了。

师父对待艺术界的前辈们非常敬重,也很大方。隔三岔五地请老先生们吃饭,陪他们聊聊天。如果老先生家里有什么事儿,师父出钱出力,永远是跑在最前面的一个。外地的相声演员来北京,师父更是尽地主之谊,请客吃饭,安排住宿。

这些我看在眼里,记在心里,也照着师父的样子学。有付出就有回报,许是因为我做得比较到位,所以老演员也愿意对我的节目给予指导，让我受益匪浅。

外地的朋友来北京，我们热情招待。人心换人心，外地有什么演出，人家也总是想着我，给我提供了不少机会。

师父的社交面非常广，各行各业都有朋友。经常应付酒局，还时不时地花钱请人吃饭。过去我不理解，认为这样很累，浪费了精力和财力。但随着年龄的增长，遇到的事情越来越多，我才发现，师父积累的这些资源，是一笔宝贵的财富，我们晚辈都跟着受益。

比如说北京的各大饭店，赶上生意火爆的时候，如果你要请客吃饭，很可能订不到包房。但是很多饭店都有师父的朋友，我可以去找他们。不但有包房，价钱打折，而且服务到位，在客人面前很有面子。

我现在跟师父住一个小区。当初师父先买的房，他告诉我这个小区环境不错，我想买可惜已经没现房了。又是师父的朋友帮忙，给我找了一套房。三年的时间，我这套房子的价钱已经翻了近一倍了。

后来就连我母亲去世的时候买墓地，都是托师父的关系才办成。

我没办过婚礼，觉得太麻烦。但是我曾经举办过一次订婚宴，是师父给掏的钱。师父把我们当作儿女看待，认为我们的终身大事理当由他操办。

师父还准备了红包，师娘准备了首饰和衣服作为礼物，送给未来的"儿媳妇"，以表达作为师父、师娘的那份心意。我却不争气，没过多久就跟对方分了手。

我母亲曾几次住院，师父每次都亲自到病房探望，还带着钱来。

母亲的葬礼，师父从早晨六点多帮着忙活，一直到取出骨灰，他才离去。他总是不放心我们办事儿，非得亲自张罗。

汶川地震的时候，我到灾区采访。赶上一次6.4级的余震，刚从危险地带撤出来，我的手机就响了，是师父的声音："电视里说你们那儿震了，没事儿吧？"儿行千里母担忧，师父对徒弟也同样担着心。

徒弟出名了，师父脸上有光，但是徒弟惹了祸，师父也得帮着了事儿。有一次我在酒桌上跟一位相声同行顶撞起来，师父听说了这件事，赶紧拨通那位前辈的电话，向人家承认错误，赔礼道歉。

台上的尴尬时刻

我八九岁就跟着收音机自学相声。十几岁在少年之家参加相声辅导,跟着王存立、王增贤两位老师学习相声知识。十五六岁开始跟着草台班子演出挣钱,十八岁正式进入部队,并加入演出队吃上相声这碗饭。一路走来,大风大浪没见过,磕磕碰碰没断过。

气枪口下说相声

小时候,我们有一回跟随草台班子到北京郊区的苏家坨演出,演出地点是个露天体育场,我跟付强还有老相声演员李荣林老师表演化妆相声《金钱与孝子》。演到一半,我的头发根儿突然立起来了(那时候我还有头发呢)。原来在观众席里,有一个中年男子,拿着一杆气枪向我瞄准呢。

在郊区演出管理很乱,根本没人维持秩序,那位男观众拿枪对着我也没人制止。那时候允许打鸟,拿气枪也不犯法。可我害怕呀,虽说是气枪吧,要是打在眼睛上也得瞎呀!要放到现在说单口相声,遇到这种情况赶紧结束就下台了。那时候没有舞台经验,而且我也不能把其他那俩人撂在舞台上,我还得硬着头皮往下演。

我心里还安慰自己呢,"也许他只是对着舞台,并不是真的瞄准自己。"趁着自己没词儿的时候,往台侧溜达溜达。后来一看,不对,他的枪口跟着我动。我顿时吓出了一身冷汗,紧张地台词也说得前言不搭后语。

台下观众什么也不知道,笑得前仰后合,他们哪儿知道台上的演员是冒着生命危险在说相声,还以为是在逗他们笑呢。

好不容易把这个节目演完,我鞠躬下台,再侧目往台下一看,那个人把枪也放下了。就是冲着我来的!我那么点儿岁数,怎么可能有仇人呢?父母的仇人,来暗杀我?他怎么可能追到苏家坨来呢?我演的是个不孝顺的儿子,他觉着我可恨?他事先也不知道我们这个节目,怎么准备气枪的呢?再说了,付强演的那个儿子,比我还可恶呢,他怎么不瞄准他呢?后来一想,苏家坨体育场对面是精神病院,会不会是里面的病人跑出来了?

究竟是怎么回事儿,到今天我也没想明白。反正戏比天大,就算演员出了天大的事儿,也不能演到一半,扔下全场观众,自己跑回后台,那就算演出事故了。

这就是演员的职业素养。我们的相声前辈马三立先生,老伴儿病危,得知消息的时候他正演出呢,觉着不能让观众失望,强颜欢笑坚持到演出结束,等赶到医院,老伴儿已经去世了。

我们出去演出,有时候受到主办方的冷遇,吃不好住不好。有时候对方答应上台前结账,结果赖着不给钱。跟主办方怎么争吵都行，但是我们绝对不会把情绪带到台上。在台上闹情绪，糊弄观众，那是砸自己的饭碗。观众不会知道你后台的事情，只会看你节目演得怎么样。

马屁拍错了

央视导演王晓，曾经执导过几届相声大赛。可以说是我的贵人。2010年我参加相声大赛，表演相声《幸福童年》受到关注，也是王导鼓励我参赛的。

大赛结束之后，王导组织历届大赛获奖选手到几个城市巡演。我的老搭档付强之前跟别人搭档参赛，也得过奖，所以王导让我们俩一起说对口相声。

对口相声要想受到观众的欢迎，最基本的条件就是配合默契。巡演第一站到的是涿州，我们俩好几年没一起合作了，自认为艺高人胆大，又没认真排练。结果我们俩的演出效果很差，说到中间起了倒掌，只得草草收场。

演员演出效果不好，心里比丢了一万块钱都难受。我跟付强连夜宵都没吃，郁闷了一晚上。第二天早晨八点多，就起来对词儿，下决心一定在下一场把面子找回来。

第二天晚上在固安演出。付强按照往常的套路，上台后先跟观众套近乎，"我们演出走遍了大江南北，我发现就属咱们固安的观众欣赏水平高。"台下掌声四起。

付强听到掌声，跟打了鸡血似的，马上来了精神。他想起涿州失利的事情，突然产生了一个念头，"那场不是我们没演好，是观众的欣赏水平不行。"于是顺嘴又说了一句，"固安的观众比涿州的强多啦！"按理说这时候台下应该有掌声，但是那天挺奇怪，台下死一般沉静。付强接着说："我就爱到固安演出，固安的观众比涿州的观众都漂亮。"台下的人都板起了脸。结果这场演出就第一个包袱有效果，后面一直没人笑，我们俩又灰溜溜地下了台。

下台后负责接待我们的干部，对我们也不像原来那么热情了，板着脸不理我们俩。王导告诉我们原因："这里的观众都是涿州某单位的，在固安租的剧场。"

我们哪里知道！您说我们冤不冤？从那之后我们也吸取经验了，每次上台之前，一定找当地组织者把观众情况问清楚了，省得说错了话。这就是吃一堑长一智，演员就得一点点积累经验，吸取教训，舞台效果才会越来越好。

被观众轰下台

年轻的时候说相声，上台没人认识，说得又不好，不受欢迎是常有的事儿。有一回在北京某礼堂演出，从我上来说头一句话开始，第一排有一位大哥，就高举右臂，往侧幕那儿比画。开始还以为他喜欢听呢，后来觉着不对，听歌挥动胳膊打节奏，听相声打什么节奏呀？相声也没法儿打节奏呀。后来明白了，他比画的意思是让我下去。不过人家挺文明，没张嘴喊，而是用手势示意。

我不能下去呀，一下去就彻底搞砸啦！这位观众挺执着，我说相声这十几分钟，一直在比画，也不怕胳膊酸。我们硬着头皮说完了这段儿，报幕员看不出眉眼高低，还让我们返场。那位观众真忍不住了,无可奈何地叹口气说道:"不要脸。"

要想当演员,第一关就得突破自尊心这道防线。我师父李金斗先生教导我们:"要脸就是不要脸,不要脸就是要脸。"个中含义,估计只有演员心里最清楚。

某曲艺团到内蒙古演出,演员往台上一站,观众齐声高喊"共逮"。演员琢磨,估计是用蒙语叫好呢,表演得更卖力气了,但就是没人乐,也没人鼓掌。于是下台后问当地人:"'共逮'是什么意思呀?"人家说了,"就是滚蛋。"

观众为什么这么气愤呢?原来是那个小县城的群众大部分说蒙语,他们听不懂普通话。花钱买票是想听人唱歌,结果是听俩大老爷们说天书,他们能不生气吗?

某歌手唱歌爱互动,唱到一半高声问观众:"朋友们,喜欢听吗?"观众高喊:"不喜欢。"如果演员自尊心很强,一扭头下去了,节目就演砸了。那个歌手很老到,理直气壮地说:"但是我喜欢!"多新鲜呀,你再不喜欢还唱它干吗!

我跟付强到江浙地区演出,由于有方言障碍,当地人不爱听相声。但是人家不像北方观众那样,高喊"下去吧",人家是无可奈何地跟我们商量,"不要讲了好不好?没有意思啦!"

到上海演出更干脆,连商量都不商量,全场观众面无表情,瞪着大眼睛看着我们。全场一点儿杂音都没有,不知道的以为我们俩静场录音呢。

舞台演员还好点儿，歌厅、夜总会的演员更辛苦。观众里面老实人少，都是些混社会的，还有不少喝多了的。演员得卖力表演，不累得四脖子汗流①，他们根本不买账。喜剧演员就更难了，必须放下自己的身段，甚至是尊严，穷尽你的诙谐、幽默，才可能博得客人的喝彩声。

很多籍籍无名的演员都是夜场出来的。某男歌手当年在夜场演唱《酒干倘卖无》，他在升降台候场，摆好造型，在前奏声中，升降台从地平线缓缓升起。台下的观众以为是女歌手，一瞧升上来的是个男的，大喊"下去吧"。后台演员都紧张地看着台上，不知道演员会如何应付。这时候前奏结束，该唱第一句了。台上的演员没办法，只得起唱。"下去吧，这句话对我来说太熟悉了"，这位演员后来说道。

他说得倒是实话，在夜场唱歌让人往下轰是常事儿。

我见到的和经历过的舞台事故

我跟搭档付强刚开始参加演出的时候，表演相声《彬彬有礼》，这是当时很火爆的一个段子，那年头很多年轻演员都演这段。我们俩在演出，有个包袱是付强模仿日本人鞠躬，"先生，您好！我的名字，车五进二。"

前两天刚有两位相声演员在这儿演完这段，观众知道词儿，付强刚说"我的名字"，中间有个小停顿，我们叫包袱

---

① 四脖子汗流：北京话，形容很热。

口。观众大喊"车五进二"。付强没词儿了,笑场啦!接着怎么也控制不住场了,他下台了,把我一个人留在了台上。我没办法呀,说段单口吧。但我根本没练过,于是把听来的《结巴论》说了一遍,效果还挺好。这时候付强又溜达上来了,接着说《彬彬有礼》。

要不说因果报应呢,后来我也把付强搁在台上一回。二十多岁的时候,我们俩上济南一家夜总会演出。演出前师弟韩冰请我吃饭,喝了一瓶白酒,我没出息,一顿酒就给喝蒙了。上台之后一句词儿说不出来,就站那儿发愣,付强一个人说了三十多分钟。还好,演出结束我还知道鞠个躬下场,要不然就彻底砸锅了。

在部队宣传队的时候,我们队长是位谢顶的主儿,上台演出必须戴假发。他是个曲艺迷,特别愿意跟我演双簧。有个包袱是拿扇子打脑袋,我本不敢打领导,他说了:"这是演戏,只要效果好,该怎么打怎么打。"这回我放开了,在台上这一扇子下去,劲儿大了点儿,把他假发给打掉了。观众吓一跳——"给这人头盖骨打下来啦!"

在南京待了半年,也有乐子。有一位男中音歌手,演唱《达坂城的姑娘》。报幕员把这首歌跟《吐鲁番的葡萄熟了》给弄混了,一报幕,"请欣赏《达坂城的姑娘熟了》。"观众吓一跳,这报幕的太残忍了,要吃人肉啊。

演出时男中音歌手心里估计也净琢磨报幕员的事儿,他也出错了。第一句应该是"达坂城的石路硬又平",他一张嘴,

"达坂城的姑娘硬又平啊……"观众都惊呆了。

这位男中音歌手还出过一回错。他每次演出都要清唱一首《三大纪律八项注意》,让观众给他打节奏。有一回他们上基层慰问演出,战士们很少看演出,特别热情,节奏越打越快,他这嘴实在跟不上了,也用了那招儿——"大家一起来。"

他是越唱越快的。还有一位歌手越唱越慢。那是到了燕山石化之后,有一回我们到施工现场慰问,没有电源,演唱时只能用装电池的录音机伴奏。轮到一位山西歌手演唱《说句心里话》的时候,电池快没电了,伴奏越来越慢。这哥们太有工夫了,愣是演唱了一回"太极"版的《说句心里话》。

后来到全总文工团[①],有位著名的唱通俗音乐的女歌手,每回上台的时候,都要跟楼上的观众打招呼,"楼上的朋友,你们好吗?"有一回她又问:"楼上的朋友,你们好吗?"观众全愣了,那剧场没有二楼。灯光晃着,她根本看不清台下,出了个大笑话。

还是这位女歌手,有一回在露天演出,舞台是拿木板儿搭的。她穿那高跟鞋的鞋跟儿跟锥子似的,扎到木板缝儿里去了。演完想下台,鞋却拔不出来了。蹲下来拔鞋吧,几千名观众看着呢,太不雅观。把脚从鞋里抽出来下台吧,留下

---

① 全总文工团:中华全国总工会文工团的简称。

只鞋,太诡异了。她很机智:"我再给大家清唱一首《谁说女子不如男》。"亮相的时候身子一绷,腿一使劲儿,鞋跟就拔出来了。

全总文工团有位老艺术家孙宝贵先生,已经去世了。他跟我们一起演出的时候,喜欢演唱一首《大烟袋》,是一首抗日歌曲。他的学生赵玉章是我们团长,赵团长跟孙老先生说:"您在台上别太死板,也跟年轻歌手学学,唱之前跟观众交流交流。"

孙老师挺听学生的话,唱之前跟观众聊上了,"朋友们好,我给朋友们演唱一首《大烟袋》,希望朋友们喜欢。"为了套近乎,一句一个"朋友们",该唱歌了,头一句"那一天狗日的来扫荡",老头儿唱错了,"那一天朋友们来扫荡"。后台都快乐趴下了,孙老师下台,大伙都指着他喊:"汉奸!"

孙老师台下还出过一个错,后来被编成了笑话在网上流传。不知道是巧合,还是认识孙老师的人给传播出去的。他骑自行车送女儿去幼儿园,把女儿放到自行车后座儿上,跟女儿说:"坐好了,别乱动,乱动就掉下来了。"刚要骑上车,有个熟人叫他。两人聊了会儿天,握手告别。孙老师忘了后座上有人,片腿儿①上车,把女儿给踹下去了。

孙老师艺术造诣高,人也好,就是没能通过艺术改善生活。他的闺女跟姑爷都下岗了,为了生计,他们就到官园花

---

① 片腿儿:北京话,迈开腿的意思。

鸟虫鱼市场卖热带鱼，天天跟小商贩混在一起，想起来有点儿心酸。

老艺术家偶尔出错，用现在的话说，那是呆萌。现在我所在的中国广播艺术团，已故演员郭全宝先生，生前出过一回错，挺经典。他每次上台第一句话总爱说"刚才那个节目演得不错"。那天上台还是那样儿，"刚才那个节目……"说到这儿想起来了，他是第一个节目，刚才没节目。幸亏老先生舞台经验丰富，"刚才那个节目……是报幕员报幕，不错，口齿清楚。"他还真有的说。

天津有位老相声演员，穿好演出服在后台等着接场。正喝茶呢，有人过来喊："该您上了！"老先生一听，要误场，三步并作两步冲到台边，满面笑容地准备登台上场。到场上一看，傻眼了，前场的演员刚说到一半儿。

观众觉得奇怪，怎么说到半截儿突然蹿上来一个人呀？老先生想回去，又觉着不合适，鼓着掌奔下场口了，从下场口下场。观众明白了："老演员扶持年轻人，领掌来啦！"

舞台上不但有说相声的、唱歌的出错，有时候舞蹈演员也出错。全总文工团里一位男舞蹈演员，跳独舞《猪八戒背媳妇儿》，戴个假肚子，大摇大摆地往前走。都走到台边了，前边就是乐池。因为肚子大挡住了他的视线，他看不见，还往前走呢，结果掉乐池里了。幸亏乐池不深，没摔伤。

按理说遇到这种情况，完全可以终止演出，去医院检查检查了。但是这演员挺有艺德，爬上来接着跳。观众以为这是事先排练好的，还说呢，"这段儿不错，真实。"能不真实嘛！

有位女演员跳群舞，怕走光，穿了长裙，长裙里面还加了一条平角的短裤。跳着跳着短裤松紧带坏了，掉下来了，在两只脚那儿绊着。演员急了，一抬腿把短裤甩后台去了。团长正在后台看节目呢，见一短裤从天而降，吓得够呛。

下基层

我在部队宣传队的时候，在剧场演完节目之后，队长说了："站岗的士兵没有看到演出，我们去慰问他们。"于是我们来到营门口，也不管人家爱听不爱听，对着站岗的士兵就唱开了。士兵还年轻呢，我们宣传队的一个大姑娘对着他唱歌，不适应呀，连眼珠子都不敢动，臊得他满脸通红。

周围一帮老乡看热闹，"你瞧，他脸红了嘿！""还不好意思哪！""瞧他那德行，哈哈哈……"说得小战士想找个地缝钻进去。

队长又说了："我们去慰问伤病员吧！"大伙可能在黑白电影里看过这种场景，文工团女演员给伤病员唱歌，伤病员激动得热泪盈眶。

我们说相声就不是那种情况了，人家刚做完手术，我们逗人家乐，这一乐伤口撕裂了怎么办？再说了，顾命还顾不过来呢，多值得乐的包袱，人家也没心思乐呀。

唱歌的也好不到哪儿去，战士岁数都不大，一个人在医院,家里大人没在身边,本来心里就难受。再对着他唱:"你入学的新书包……"这不是让人家更难受嘛。

吃完饭,队长还让我们慰问炊事班的战士。有一回在秦皇岛某部队疗养院,我们给炊事班说相声,那天效果还真不错,战士们笑得前仰后合。我们说得正起劲儿呢,厨房有人来一句:"快干活儿来。"大伙儿立马都跑光了,给我们晾那儿了。

后来到了别的地方,也不知是谁出的主意,让我们春运的时候,到火车上慰问返乡打工者。于是我们带着简易的音箱,登上了春运的列车。那年头的春运,号称是世界上规模最大的"人类大迁徙",车厢里挤得连打个嗝的活动空间都没有,我们推着音箱串车厢慰问,难度可想而知。那时候我特别佩服推着小车卖烧鸡、啤酒的列车员,愣是能推着小车一路前行,得下多少年的功夫啊!还有地铁里唱歌的歌手,推个音箱从车头唱到车尾,那都是能人啊!我们就不行了,推个音箱举步维艰,谁也不肯让道儿,因为一旦把好位置让出来,马上就被别人占了!后来乘警出面,清理出一块儿空地,我们才开始说相声:"大家旅途辛苦,我们给您说段儿相声好不好?"就听底下有人嘀咕:"有本事上春晚说去呀!本来就挤,还跑这儿添乱!"

南漂儿

二十世纪八九十年代，广东改革开放的步伐迈得快一些，所以大批"北方佬"涌入广东打工谋生。1994年，我跟付强也加入了南下的队伍，到广东的夜场说相声。

上广州城说相声是没人听的，广州人都说粤语，听相声就跟听印度话似的。所以我们第一站选择了深圳，那儿是移民城市，东北的、河南的、湖南的、江西的……哪儿的人都有。我们坐着火车来到广州站，夹杂在民工当中……

到了南头关卡，又遇到麻烦了。那时候深圳属于特区，要想进去得办特区证。我们不知道呀，来的时候没办。我们演出的那家歌厅老板还挺有门路，开车给我们接了进去。人家跟我们说了："你们出门的时候留点神，如果被查到你们没有特区证，要被抓去筛沙子，挣够了罚款才能放出来呢。"我一听，这不是对付民工的办法吗？又一想，我就是"民工"呀！

歌厅的楼顶搭了一排木板房，顶头一间就是我跟付强下榻的地方。我一瞧，旁边的木板房门口，晾晒的都是花花绿绿的女式内衣，一打听才知道，那些房间里住的都是陪酒妹。闹了半天我们跟民工还不一样,我们跟陪酒妹差不多,属于赔笑哥。

在深圳的演出还挺火爆,因为特区那时候还没什么人说相声,我们算是"开荒人"。深圳不少从北方过去的人,能够在这四季如春的南国听到北方的相声,感觉还挺亲切。演了一段儿时间不行了,就会那几个段子,人家听腻了。

换地方吧,又到了深圳附近的几个小城市,状况可就不同了。首先是演出的歌厅环境太差,黑咕隆咚,我们往台上一站,人家根本看不清我们的脸。跟老板说把灯打亮点儿吧,老板说了:"客人不希望太亮!"

我明白了,客人就不是来看节目的,都有其他的目的。我们的段子听完也没什么人乐,人家是来找小姑娘的,谁听俩大老爷们儿掰活①呀?有时候下面一位客人没有,因为我们演的是陪酒妹专场。这些妹妹们倒是挺捧场,玩儿命地鼓掌,玩儿命地乐。我们和她们同病相怜,也互相帮衬。

就这样"打一枪"换一个地方,演两天就歇。找人家结账的时候都臊眉耷眼的,演砸了还拿人家钱,感觉特别不好意思。节目总监那脸色也不好看,说出那话更难听,"演得太差啦,真不应该给你们钱,你们也不容易,算啦算啦。"按我那脾气,真想扭头就走。但是转念一想,出来就是为挣钱,拿到钱就是胜利,就甭顾脸面了。

---

① 掰活:北京俚语,指特别能聊、能侃的人。

有时候节目总监更损,在大排档吃饭哪,让我们过去结账。人家坐那儿吃着喝着,我们站后头等着拿钱,真跟要饭似的。

事隔两年,到了1996年,我跟付强又一次南下广州。

出了广州机场,人家开车来接我们。我也不像头一回来的时候那样怯生生的了,俨然感觉自己就是个港台大牌明星。汽车把我们拉到了广州东站附近的临河村口儿,下了车让我们拉着行李箱往村子里走,越走越傻眼。

临河村是外来人口聚集地,里面都是私人盖的楼房,两座楼中间的小道窄得根本进不来汽车,顶多能进辆三轮车。到了地方,顺着黑咕隆咚的楼道摸上楼,有个两室一厅的单元房,就是我跟付强的宿舍。

房子倒是挺大,里面空荡荡的。就有两张床一张桌子,一看就是从二手家具市场买来的。对付着睡了一觉,早晨起来发现我们浑身都是黑沫子。原来给我们买的棉被是黑心棉,里头全是渣子。洗脸刷牙吧,到了水池子一看,吓了一跳。我的牙刷上趴着一只蟑螂。用手一轰,敢情这蟑螂会飞,我们都大吃一惊。

上趟洗手间吧,从马桶后头钻出一只老鼠来,跟小兔子那么大个儿。南方人长得小巧玲珑,南方的耗子倒挺彪悍。听说广州有吃耗子的,我来之前还琢磨呢,"来这儿吃得饱吗?"这下儿甭担心了,一只耗子就能喝顿酒。

我们的工作是拍休闲喜剧,跟情景喜剧《憨豆先生》差不多,一个一个的小片段。有段剧情是我们得坐着面包车在广州城里转悠,正赶上三伏天,四十多度,热得不行。编剧写的那创意也缺德,让我脱得就剩条裤衩儿,身上刷满了金粉,在马路边装雕塑。要是有行人过来,突然一动弹,吓唬行人。

这一天下来,我都快晒成腊肉了。那金粉还特别难洗,回去洗了两个小时还没看见本色儿呢!付强说晚上出去转悠转悠吧,谁知遇上村里的治安队了,查暂住证。我没有呀,被抓到治安办公室关到半夜,后来公司的人拿着钱来,才给我赎出来了。

老板告诉我,晚上少出去转悠。临河村治安不好,有"打闷棍"的。这下可给我吓坏了,以后每天晚上收工回家,我走在两座楼的夹道都提心吊胆,两步一回头,生怕后头有人给我一棍子。

我们的导演是香港人,对我们倒是挺客气,每回见着我都冲我鞠躬,"吊清平"。我还琢磨呢,"吊清平"是什么意思?估计是"尊敬的清平"的意思。过几天闹明白了,"吊清平"是句很难听的骂人话。这里也许是误会,他只是口头语,没什么恶意。但是我年轻气盛,也不能吃亏呀,我每回跟他打招呼,也是"×导演",用北京骂人的话回敬他,他也听不懂,还点头哈腰地答应呢。

跟我们一起拍戏的也有香港过来的演员。慢慢地知道了,活儿比我们少的香港演员,挣的钱比我们多出好几倍。远来的和尚会念经,当时的影视公司看不起内地人。这下我们心理不平衡了,经常跟香港导演发脾气。香港导演的心态挺好，你怎么骂他都不生气，只要完成他布置的拍摄任务就行。看来人家挣钱多也有道理，最起码比我们敬业。我们要是挨了骂，一生气不拍了。

一同拍戏的，有几个从北方去的演员。晚上只要没事儿，就在租住屋里喝酒。楼下小卖部里，白酒、火腿肠、方便面，全都是假的。二锅头写的是北京天桥区产的，但北京哪儿有天桥区呀？明知道是假酒也得喝，附近就买不着真酒。

我们住的那片区域，楼与楼之间也就一米多的距离，从我这儿的窗户，抬腿就能迈对面那家去。后来天气太热了，影视公司逼着房东给我们安了空调。晚上我这空调会自动关闭，总给我热醒。后来终于找着原因了，我对门的空调跟我这儿的空调是一个牌子，他嫌我这室外机吵，用他的遥控器把我的空调给关了。

我跟他们吵了一架，对门再也不关我的空调了。不打不相识，我们倒成了朋友。每天晚上我坐在窗户边，喝着小酒，看他们家的电视。有时候还跟他说："这电视剧多没劲呀，换个台！"

就这样在广州待了几个月。回北京的时候是坐火车，这次买的是卧铺，跟上次相比，简直是天堂。坐在卧铺上，喝着酒吃着烧鸡，由衷地高兴，"自己真是越混越好呀，什么时候能混上软卧就好了。"那时候做梦也想不到，现在出门儿，坐的都是飞机头等舱。

我这人不怎么贪财，这不是吹，是真的。

我追求的种种快乐，花不了多少钱就能达到。哥几个找个大排档一坐，喝着二锅头聊天；找个国内小城市的宾馆一住，四下溜达溜达；看看书，练练大字（只能叫练大字，跟书法没关系），买俩手串儿，这都挺省钱的。

我也尽可能地多挣点儿钱，因为腰包里的钞票多，快乐就相对多点儿。

为了挣钱，我南下广州拍戏。后来没戏可拍了，我到湖南、山东演夜场，演饭市（伴宴演出），甚至到洗浴中心里演出。那种演出确实挺难受的，后来夜场也干不下去了，因为光会说笑话，不会唱不会跳。

接着想办法。那时候，各地电视台都办起了周末的娱乐节目，山东卫视有《快乐直通车》，河北卫视有《大家来欢乐》，江西卫视有《超级星期五》……我就跟各节目的导演拉关系、套近乎，人家来北京请人家吃饭、喝酒，为的就是每周都有节目录。

这是在20世纪90年代中后期，一个月小一万块钱的额外收入，那时过着神仙一般的生活。

好景不长，几年之后，这些节目也停了。我又想了个挣钱的道儿——当编剧。

码字生涯

快给北京的艺术家结账

我给电视台的晚会写过小品、串联词。那时候我跟相声作家廉春明老师、词作家白云海老师是一个团队,基本上能承包一台晚会的所有语言类节目。廉老师负责外出接活儿、想点子,我负责写小品,白云海老师负责写串联词。

那时候的编剧不但负责文字工作,还得张罗找谁演,我们得负责联系演员、找小品导演。演一个节目给多少钱呀,我们得帮着演员跟制片方协调。那时候还不兴发电子邮件呢,我们还得租个车,四处送稿子。

等演员到了剧组排练,我们负责沏茶倒水,安排吃饭。真正录像那天,我们还有个重要的任务,就是跟制片人结账。很多节目跟电视台无关,都是文化公司搞的,结账挺费劲,得追着他们屁股后头要。我们的稿费晚两天就晚两天,演员都是我们找来的,录完像拿不着钱,人家能饶得了我们吗?

记得有一回录像,明明跟文化公司老总说好了演出之前把一切劳务结清,录像马上就开始了,竟然找不着他们老总了。这下我们都慌了,十几个演员等着要钱哪!我们三个人一商量,干脆来个鱼死网破,他不给钱咱就不录像。

观众都已经在棚里坐好了。我们跟演员说,就在休息室待着,谁也别进棚。这下老板冒头儿啦,把钱一分不少地交给我们。廉老师负责给演员发劳务,我负责给演员报出租车票。那时候录的时间晚了管报销出租车票,所以每个人都搜集几百块钱的车票,不报白不报。

都弄利索了,我问演员一句:"谁的钱也不差了吧?"大伙说:"不差啦!""录像!"这事儿想起来都后怕,要是人家跟电视台领导一汇报:"廉春明等人号召演员罢演。"那还不把我们给封杀啦?财路就断了!

但是不罢演没辙呀,我们的钱可以不要,演员的钱谁给?我们自己掏钱给人家?这些演员中有不少明星大腕儿哪,劳务费都不低,我们哪儿有那么多钱呀!

还有一回在湖南某地录像,录完像都快要回北京了,还没结账呢。在外地不敢罢演呀,罢演连回去的机票钱都拿不到,那我们这帮人就被困这儿啦。

上飞机之前有个欢送晚宴,市领导都会到场。要是直接跟领导反映,人家该说了:"还艺术家呢,就知道钱!"考虑再三,我们想出个办法来——苦肉计。

酒过三巡,菜过"无味"。大伙聊得热火朝天,白云海突然抹起了眼泪。廉春明老师配合说台词儿——

"这儿吃饭哪,你哭什么呀?"

白云海:"这些演员都是我请的,现在还没拿到劳务呢,我怎么做人呀!"

廉春明:"你别瞎说,咱们××地的人最讲信用了,说什么时候给钱,就什么时候给钱。"

白云海:"他们说录像之前结账,可是没结!"

廉春明:"人家是工作太忙,没顾上!这顿酒没喝完,人家就能把账给咱们结喽!"

领导实在听不下去了,拍案而起:"快给北京的艺术家结账!"

至于我们的稿费,拖欠两个月或三个月的,那是常事儿,还有的拖着拖着就黄了。有一回我跟廉老师上饭馆,碰见一个制片人在包房里请客。廉老师一瞧,这是个要账的好时机,进屋就跟人家说:"那稿费……"

那位一把将廉老师推到包房外边:"小点声儿,那都是大老板!"一边说一边点钱,赶紧把廉老师打发走了。

还有一回,有笔稿费都过半年了,也没要到。我跟廉老师一商量,再不要钱兴许他们公司都黄啦!到他们公司,人家对我们挺客气:"财务不在,您等会儿吧。"后来,从上午等到中午也没人搭理我们。

我跟廉老师下定了决心,采取民工讨薪的办法,不给钱我们不回家。出去找个小饭馆儿吃了顿饭,喝两口酒,回来接着等。

他们公司租的宾馆,带洗澡间的。实在没事儿干了,我跟廉老师每人洗了个澡,一人找了一张床,睡上啦!

人家一瞧,"坏了,要住这儿。赶紧给他们结账吧!"

以前,就算某台晚会结不下账来,我们也觉着值得,因为能住宾馆,能吃吃喝喝。在20世纪90年代,能找个免费管吃、管住的地方不容易,对一般人都很有吸引力。

所以每次有晚会找我们,还没谈需要创作什么节目呢,我们先提出几点要求:"给我们住宾馆,吃饭、打车都要报销。"

有时候赶上晚会主办方大方的,也会安排我们住五星级酒店,像昆仑饭店、亮马饭店、香格里拉酒店之类的,那可就累了。那时候这种酒店还不对外开放哪,一般人不让进去。我跟廉老师、白老师穿得比一般人还一般人,每次进门都要遭到保安的盘查。

白老师是个自尊心很强的人,花几千块钱到燕莎商场买了一件风衣穿上了。那个风衣披上之后有点儿像超人的斗篷,上面还有四个兜儿,说不上是什么"兵种"。白老师个头儿不高,还挺胖,从后面看跟《蝙蝠侠》里的企鹅人似的。

住高档宾馆还有个不方便的地方,里面饭太贵,剧组不给报。出去吃吧,星级酒店周边又没什么小饭馆儿。所以每次入住高档宾馆,白老师要做的第一件事儿,就是在附近找个小卖部,买一箱啤酒搬回房间。

穿个大斗篷,抱着一箱啤酒,您琢磨这是什么形象吧!

接到个好活儿

2004年左右,我接到个好活儿,在电视台的一个栏目做策划、撰稿。那年代电视台就相当于文艺界的衙门,掌控着艺人的命脉。现在艺人成名可以通过网络、口碑、线下演出等传播渠道。那年头十亿人民的基本娱乐方式就是广播、电视,再有本事的人不上电视,你也成不了角儿。没什么本事的人,天天跟在导演屁股后头混,帮着沏茶倒水、点烟捶背,你也能在有本事的艺人面前指手画脚。

甭说电视台的艺术工作者了,就连在电视台看大门儿的、看车的,跟一般看大门儿的、看车的都不是一个派头儿。我们给晚会写小品的时候,能够隔三岔五地进出电视台,就感觉很风光了。有时候跟其他演员一块儿进来,还能给他们当向导,让那些演员一看,"我的妈呀!方清平连电视台厕所在哪儿都知道。"那就感到无上的光荣了。

要是中途再遇到一两个电视台里边的人跟你打了声招呼,甭管这人是导演还是司机,制片人还是送盒饭的,只要让其他演员看见你在电视台有熟人,晚上睡觉你都能乐醒了。

我们平常跟其他演员、编剧聊天,张嘴闭嘴就是电视台这点事儿。什么电视台的盒饭难吃啦,电视台的开水不到100℃啦,电视台哪个导演脾气大啦,哪个制片人爱收藏啦……为的就是炫耀自己跟电视台的人走得近。

如今正式成了电视台固定栏目的策划兼撰稿,胸前也挂着电视台的出入证。虽说上面有"临时"俩字儿,但不细看谁知道呀。以前上电视台录像得在大门口儿等人接,赶上人家忙的时候,大冬天站上半个小时是常有的事儿。现在呢?

我一天进出几十回都没人拦着！这叫什么呀？多年的媳妇儿熬成婆。

以前进电视台的心情是忐忑的，现在的心情是自豪的。走到大街上，熟人问我去哪儿，很随意地说那么一句："去台里。"您听听，跟去我大爷家那么平常，俨然就是电视台的人啦！

我们那个节目是访谈节目，请的嘉宾主要是相声演员。几乎相声界所有的大腕儿都请到了，这其中包括几位现在已经去世的。他们最后留下的宝贵的采访资料，就是在我们那个栏目里。我们那个栏目当年的收视率也不错，一直保持地面频道第一。所以说我不光嘚瑟，也是办了点儿实事的。

要说我那活儿也不轻省。从确定嘉宾、前期采访、商定录制时间到写稿子，都是我的事儿。但是我干得挺带劲儿，因为有动力。一个月能挣一万多块钱，而且保证每个月都有，在十几年前找这么个差事不容易啊。

录像那天更是我的节日。按说我们只要把稿子交给主持人，就可以洗洗睡了。但是我睡不着呀，我得上电视台"显魂儿"去。到了之后就在公共休息大厅坐着，边吃边等人。等谁呢？没谱儿，赶上谁是谁。只要有我认识的，就起身打招呼。要是有认识我的，主动过来跟我聊两句，那就算钓着大鱼啦！这么做是为什么呢？那种微妙的感受，只能意会，难以言传。

节目做了整整一年，电视台不用我了。不是我做错了什么，而是人家找着更便宜的人啦！

编剧这行就这么残酷。

"混"在影视圈

不做栏目编剧之后,我改写情景喜剧了。

郭德纲演的第一部电视剧《小房东》就是我和干爹廉春明写的,在北京卫视播出,收视率不错。

写情景喜剧是个挺挣钱的活儿,二十年前我就买了夏利,靠的就是写影视剧本挣的钱。演员签了合同之后高兴,因为这就意味着有钱挣。编剧签完合同之后是悲喜交加。喜的是有钱挣了,有活儿干了。悲的是,马上要身不由己了。

情景喜剧很多时候是一边写一边拍,你今天写出剧本交给导演,导演要没意见,过一两天就拍。我要是几天出不了剧本,剧组就要面临着歇工的危险。这时候制片人就会不停地电话骚扰你:"方老师,剧本!剧本!剧组一歇工,每天就损失几万块!"

写东西不像干体力活儿,只要身体没问题就能出活儿。有时候脑子是空的,但是又逼着你要剧本,那滋味真难受!有时候都编糊涂了,同一个题材我写了两遍,导演都奇怪,"你怎么又写了这么个故事呀?"

这时候你一切都卖给剧组了,自己连想事儿的自由都没有。一想事儿就分心,就影响写剧本的进度。有时候写着写着,突然来个电话,完啦!这心说什么也收不回来了,脑子怎么也到不了剧本上!越着急还越静不下心来,后来半天什么都没干,净胡思乱想了!

要是正写着剧本，突然来了个电话约你喝酒。那你也不敢去，前方等着你"供应粮草"呢，不但良心上过不去，而且经济上也受损失呀！

那时候的生活就是，睁开眼就坐到电脑前面，苦思冥想，一直到凑够了几千字，交给导演了，心里算踏实啦，浑身轻松，感觉要飞起来。赶紧打电话约人，出去喝酒。那真是解着恨地喝，餐厅喝完了去酒吧，酒吧喝完了再去大排档。必须喝透了才回家睡觉。因为明天早上这身体又不属于自己了，又得卖给剧组了。

后来也写过几部连续剧，全都卖出去了，就是都没拍。有一部戏连着卖了好几家。先开始有个老板找我写戏，付了定金。我就埋头写戏，等到戏写完了，老板失踪了。据说是摊上事儿了。

接着卖给第二家吧，人家付了定金，连着两年没拍，合同过期，我又卖给了第三家，结果还是给完定金，把剧本买走又没了下文。

后来知道很多公司都是拿剧本做诱饵，找大老板要钱去。所以先把剧本买到手，然后拿着东西去融资。融资没成功，剧本也就砸手里了。

有一部戏挺倒霉，那是给四川一家公司写的。剧本出来，大家一致看好，认为拍出来肯定能火。开拍日期都定了，出了一件大事儿，男二号李伯清（四川评书艺术家）出家了。制片人赶紧跟李老师沟通，李老师说了："这是以前订的合同，出家不耽误拍戏。"

接着又出现了第二件大事儿——汶川地震。我们的拍摄地就在四川,震后肯定很长时间不能拍了。后来又出了第三件大事儿,这部戏彻底歇菜啦!什么大事呢?男一号刘德一(傻儿师长的扮演者)不幸去世了。

制片人崩溃了,我也崩溃了。

怎么这么倒霉呢!

再也不写啦

我给黑龙江卫视的《本山快乐营》写过一年多的剧本,也就是给赵本山的徒弟们写剧本。那是非常轻松的一年,给的钱也不少。每天住在如家宾馆,早晨下楼吃自助早餐,别瞧是早点,我吃得贼多,因为中午就不出来吃饭了,这顿饭得顶到晚上。

写到下午四五点,一期剧本写完了,我就出去吃大排档。哈尔滨的夏天很舒服,晚上还得穿长袖哪。一个人往大排档一坐,吃着烤串儿,喝着啤酒,听着邻桌那几位文身、戴金项链的光头大哥们聊他们在黑道打打杀杀的故事,悠然自得。

等到给我结账的时候,制片人背着双肩包来到我的房间里,把包里的钱往床上一倒,"您数数吧!"人家制片人说了,编剧辛辛苦苦干了好几个月,让他看见这堆现钱会有成就感。

我觉着,这位制片人是最体贴编剧的制片人。

我被胜利冲昏了头脑，回到北京就把这一书包钱借给了别人，再也没要回来。这是后话，暂且不提！

我给湖南的相声演员大兵写过电视剧，给四川的演员沈伐也写过，给上海的滑稽戏写过剧本，也给东北的本山团队写过东西，可以说接触了中国几大喜剧流派，吸收了很多喜剧方面的营养。

我一直写到2010年，误打误撞说相声得了个奖，又能靠演出挣钱了。我就对天发誓："从此之后再也不写东西了，不受那个煎熬啦！"

可是我这誓言没兑现，现在我又写上书啦！不过写书并不累，因为写的都是真心话，不用绞尽脑汁。

我要上春晚

大概在2000年开春,我跟廉春明老师合作写了段相声叫《新夜行记》,在北京电视台播出,反响不错。10月份的某一天,廉老师给我打来了电话,用低沉的声音郑重地通知我:"春晚想用咱们这个节目。"

放下电话,我心潮澎湃。那个时候,上春晚是很多演员、编剧的梦想。我当演员的时候,对于上春晚这件事连想都不敢想,知道自己这两下子离那儿太远。当了编剧之后,敢想了,但是这一天真的到来的时候,我还是激动不已。上了春晚就相当于一步登天,那个年代的人就是这个想法。跟人家说我给春晚写过某某作品,吃饭都能打个九五折,上歌厅唱歌人家能送个果盘。

约好下午两点在"春晚专用宾馆"念稿子,我一点就到了宾馆楼下,生怕去晚了给人留下坏印象。太早上去怕没人搭理,先围着宾馆转悠了一圈儿,考察了一遍周边的环境,顺便胡思乱想了一通,想象着除夕之夜,自己的名字出现在电视屏幕的左下方的情景,提前体验一下胜利的喜悦。

到了一点半，进入"春晚专用宾馆"一楼大厅。大厅挺简陋，类似办公楼的一层，但那是我心中的殿堂。想着每年亿万人瞩目的春晚作品就是在这个地方创作出炉的，我的心中就有一种莫名的忐忑。想着自己也能作为春晚的一名演职人员步入这个大厅，我的自豪感又油然而生。

差十分钟两点的时候，我步入了春晚会议室。有几位老作者已经提前就座了，我规规矩矩地向众人鞠躬，坐到了角落的位置。讨论开始，我一念段子，现场笑声不断。念完段子，一片叫好声。

走出"春晚专用宾馆"，我有些飘飘然了。感觉这个节目上春晚已经是板上钉钉的事情了，而且会成为今年春晚最成功的一段相声。我沿着马路走了很久，一直没有打车。我怕的哥没完没了地聊天，打破我的遐想。

后来才知道，我太乐观了。导演组提出修改意见，要把二十五分钟的段子改到十分钟之内。演员不同意用删改稿，坚持用原来的稿子。想上春晚，不接受剧组的意见，那怎么可能呢？第一次冲击春晚，以失败告终。

后来多次参加春晚节目的讨论会才知道，春晚有多少作品，念稿子的时候都是一片叫好声，经过不断地修改、删减、排练，再到直播大厅彩排，已经没一个人给它叫好啦。怪谁呢？谁都不怪。上春晚就跟到西天取经一样，要想修成正果，就得经历九九八十一难。

现在春晚的做法挺好，觉着一个作品可以了，就让演员和作者自己磨合去了，不经过那么多次修改和审查。

春晚的魔力

到了2004年,我跟廉春明老师又创作了一段相声《让一让,生活真美好》,被冯巩老师看中,我又一次来到春晚剧组。

这回跟上回的情况迥然不同。冯巩老师是春晚必请的演员之一,所以冯巩老师的编剧就是春晚的主创,有资格住到"春晚专用宾馆"。

您别瞧这家宾馆设施挺陈旧,服务员挺冷淡,伙食挺一般,除了港台的演员,大陆的赵本山、冯巩、郭冬临这些春晚明星都在这里下榻,排练春晚作品。能入住这里,对于一个编剧来说,是一种荣誉。

有几位喜剧演员的御用编剧,每年的10月份刚过,就住到这家不大的宾馆里,每天按时到会议室开会,讨论作品,听取大家的意见。然后回到自己那间不大的房间里,反复地修改。

有可能改来改去,改得脑袋都大了,最后这个作品被枪毙了。几个编剧在屋子里彻夜讨论,重新构思,再弄出一个新作品,接着听取大家的意见,反复修改,直到大年三十那天,修改才宣告结束。

开作品研讨会的时候,编剧都在场。导演让相互提意见,但是说真话的少。一方面,别人辛辛苦苦创作出来的作品,我要说不好,人家能不恨我吗?另一方面,有好点子,我自己还留着呢,凭什么告诉别人呀?

春晚节目的编剧之间,见面客客气气,但是一提到作品，往往说话非常谨慎，对自己的节目守口如瓶。节目组和编剧还签署了保密协议，不许把春晚的节目情况告诉外人，尤其是记者。看着是对编剧挺苛刻，其实也是增加了编剧这份工作的神圣感，因为我们是知道绝密消息的人！

就这样一直熬到春晚直播。按说作品通过了，编剧就可以回家准备过年了，但是春晚的编剧不是这样。他们要跟着参加直播，为自己的作品鼓掌叫好。

上场的演员也会托付摄像师，直播的时候给编剧一个镜头。在亿万电视观众面前露一小脸儿，也算是对这几个月辛苦工作的回报。

您别瞧露这一小脸儿，回家之后，有可能成为整个春节期间的话题。全国就一个央视，全世界就一家央视春晚，所有人都看。亲戚朋友见着您头一句话就是："春晚上看见您啦！"

辛苦这么长时间，能挣多少钱呢？那时候一个作品的创作费大概五千块钱，可每个作品有好几个编剧呢。

一个编剧要想面对那么多提意见的人，应付那么多次修改，简直太辛苦了，所以只能使用人海战术。我们给冯巩老师创作的那个小品有五六个编剧，最后得了个春晚小品类一等奖。上台领奖的时候，五六个编剧加上四五个演员，快把舞台站满啦。

这五六个编剧分五千块钱，一个人才分几百块钱。冯巩老师体会编剧的辛苦，自己的劳务费也分给编剧，就这样一个人也就分几千块钱。

折腾几个月挣几千块钱，值吗？太值啦！只要上了春晚，各地电视台举办大型活动，都会慕名而来找你创作，那可就不是一段儿几千了。要是外地的编剧，上了春晚就是当地的名人啦，评级、分房都会优先考虑。我在南京前线歌舞团的时候，有一位编剧就因为跟几个人合作了一段春晚相声，享受了军级待遇，分了小楼。

这还是春晚的编剧呢，要是春晚的演员回到当地，那就更了不得啦。虽说没有净水泼街、黄土垫道，反正我听说过，外地的演员大年初一回到当地，领导捧着鲜花在火车站迎接，站台上还铺了好几米长的红地毯。

那年我除了参与冯巩老师这个作品，还参与了一段群口相声的创作，叫《十二生肖拜大年》，是侯耀文、石富宽等十二位演员合作说的。每位演员代表一个生肖，排练室的墙上贴着演员名单，写着：

猪——某某某

狗——某某某

鸡——某某某

……

节目的负责人是我们广播艺术团的相声演员刘全刚。他知道编剧的辛苦，带着我们出去喝酒。这时候接到导演组电话："刚接到一个电话，说你们几个人嫖娼，让警察给抓住了。"

刘全刚当时就急了："这是谁造的谣呀？"

2004年之后连着好几年，我也成了春晚的常客。每年按时到"春晚专用宾馆"关几个月禁闭，吃几个月剧组饭。

这期间除了有一次是给姜昆老师创作节目，其他时间都是给冯巩老师写。

冯巩老师对编剧非常好，知道我爱喝酒，春晚剧组又不提供酒，特意让司机搬一箱酒放到我的房间。怕我们总吃同一口味的饭菜反胃，隔三岔五地组织编剧出去吃回涮羊肉，换换口味。

冯巩老师是个对作品非常认真的人，我粗略地统计了一下，他的每个作品都要修改上百次。除了导演组提了意见要修改，冯巩老师还会带着作品四处演出，看现场效果。每次演出回来都找出不足，连夜修改，熬到凌晨三四点钟是常事。

他的脑子里随时想着作品，有时候在家睡到半夜，突然想起什么，马上给编剧打电话："这块儿应该这么改……"

他的作品都是逐字逐句反复推敲，就连一个感叹词，用"啊"还是用"嗨"，他都要揣摩很多遍才最终敲定。

这个节目其他演员的词儿，冯巩老师全都能倒背如流。有一次我们跟导演讨论作品，冯老师在我的房间里，一个人演几个角色，把整个小品演了一遍，一句词儿都不带错的，一个磕巴都没打。

要不人家名气大，确实是付出了心血。

有志者事竟成

2010年我参加相声大赛获得了二等奖，正赶上马东当春晚导演。我跟他合作过几回，给他的晚会当撰稿人。他对我挺欣赏，对我发出了春晚的邀请，让我上个单口小段儿。

我也算是老在春晚混的人了，但是当局者迷，事情降临到自己头上光顾着高兴，推掉了不少演出，就等着上春晚啦！

马东老师是好心，但是他一个人说了不算呀！竞争激烈，比如唱歌的女歌手比我名气大多了，都是跟几个人一起小合唱。我想在春晚上来段单口相声，根本不可能！按理说我应该早就想到这个问题，可我就愣没想到。

真正上春晚演出是2013年，我过去的战友孙涛排了个小品《你摊上事儿了》，里面缺个角色，孙涛想到了我。这次我等于是搭着孙涛的顺风车，所以没费什么劲儿，就在大年三十晚上让亿万人瞩目了一把。

我对孙涛是既感谢又愧疚。感谢他为这个小品付出了那么大的心血，愧疚的是，让他没少跟着我着急。我一个人说单口相声习惯了，想到哪儿说到哪儿，台词不固定。而春晚的小品对时间的控制精确到秒，节奏很快，台词必须固定。

最后一次彩排，我还记不住词儿，不该说的时候插话，该说的时候不说。我不说话就空场，我瞪着俩眼睛看着孙涛，孙涛知道我想不起来了，赶紧接上。观众一瞧，以为是孙涛忘词儿啦！

到了直播那天，我还笑场了！那天孙涛妆化得挺浓，他的皮肤又特别好，一个褶子都没有。我上台跟他一对脸儿，感觉他是个"蜡人"，我"扑哧"就笑出声来了，赶紧把头扭向一旁。

　　好不容易上了回春晚，还是戴着头套上去的，很多人都没认出我来。我一个哥们的母亲非常喜欢我的节目，跟哥们说："今年春晚应该让方清平上。"哥们说："孙涛那个小品里就有方清平。"老太太琢磨了半天："我说看着眼熟，原来真是方清平呀！"

　　大年初一，网上还出现了不少帖子，说："诺贝尔文学奖得主莫言上春晚啦！"他们觉着我戴头套的形象特别像莫言！

　　大年初五，四川泸州请我过去演出。舞台设在露天广场，大条幅写着"欢迎春晚节目《你摊上事儿了》演员方清平亲临现场"。我就在台边候场，没人搭理我，都不知道我就是那个节目里戴头套的那个人！哈哈！

重出江湖

在做编剧将近十年的时间里,我基本上放弃了舞台。

那时候的相声演员得能唱能演,上台充满激情,而这一切我都不具备。我是冷着脸,蔫蔫地跟观众聊天,在那个时代是没有市场的。就连相声界的老师们也看不惯,说我未老先衰。

那时候我觉着我说相声是没出路的,是自讨苦吃。我分析了一下自己的情况,我要是写作,当时应该算一流半的相声作者,作品能上央视春晚。我要是说相声,顶多算三流的演员,北京台春晚也上不了。识时务者为俊杰。

后来是什么机缘使我重返舞台的呢?

相声拍卖,说单口纯属意外

2009年,天津搞了一次相声拍卖。跟拍卖古玩似的,把相声段子拿出来,让大伙举牌投标。这个说二十万,那个说二十五万,最后有个段子被拍到了四十万。这事儿都上央视新闻了,当时在社会上影响不小。

这事儿对我的影响更大,要是没有这次相声拍卖,我不可能想到说单口相声,也不可能重新对舞台产生强大的兴趣，也许一辈子就以卖字为生了。

当然了，也许那样我就成了中国一流的作家，跟钱钟书、老舍齐名，拿诺贝尔文学奖……谁也说不准。

我是个爱凑热闹的作者，听说有相声拍卖这好事儿，那肯定得参加呀。写了个段子交上去，人家组委会说了，你的段子必须有人演，才能上拍。

赶紧找好友付强，请他帮着我演这个段子。付强为难了，我那时候写段子跟现在的风格一样，都是靠语言的幽默，看着不热闹，也没有留给表演者多大的表演空间，付强担心演出来效果不好。天津的观众很挑剔，台下肯定还坐着不少同行，演不好砸了牌子怎么办？

眼看着拍卖的时间越来越近，到手的鸭子哪儿能让它飞了呀？我决定破釜沉舟，自己演这个段子。这是个对口节目，找不到合适的捧哏，我脑子一动把这个段子改成单口，自己说！我小时候就背过不少单口段子，只不过那时候没有小剧场，单口又不适合大舞台，所以我没机会演。后来跟着丁玉鹏先生学艺，他又教给我大量的单口段子。天津观众挑剔，那么大剧场说单口，有可能翻车。心里给自己壮胆：光脚的不怕穿鞋的，反正我是作者，演砸了也没什么。

背好词儿之后先得找个剧场演一下，看看观众的反响如何。没想到瞎猫碰到了死耗子，演出之后效果异常火爆。台下的观众还有后台的演员，都乐得不行。相声俱乐部的秘书长宋德全老师跟我说："你以后就说单口相声，肯定行。"

等到正式演出的时候，又出岔儿了。我当初送的剧本是对口相声，人家要求必须得两个人说。没办法呀，又临时请付强给我捧哏，在天津大剧院表演了一段两个人说的单口相声——付强没什么固定的词儿，站在旁边随便插话，基本上就是我一个人表演。

那天的演出台下有苏文茂等老艺术家，还有各地来的相声演员以及曲校的学生，行家不少。我的那个段子效果又非常火爆，博得了大家的认可，作品也如愿以偿地卖了三万块。

这个作品的名称很符合我当时的心理，叫《我爱便宜》。

回到北京之后，曾经演出过的小剧场都找到我，说总有观众打听："什么时候还有方清平的单口相声呀？给我留几张票。"当初不愿意说相声，是因为遭遇了瓶颈，演出效果一般，又找不到解决办法。现在又能把观众逗乐了，勾起了我的瘾头。于是，我开始四处表演单口相声。

人这辈子，一半儿靠努力，一半儿靠机遇。小时候努力地学相声，想说好相声，结果越说越没劲，改创作了。拼命地读书，努力地创作，想写出好作品，结果靠单口相声出名了。

所以，人有时候别太执着结果，只管努力地去做就行了。机会来了，自然会成功。机遇不到，再着急也没用。

相声大赛：尝到了出名儿的甜头

说了单口相声之后，我又误打误撞地参加了一届央视的相声大赛。

参加完相声拍卖之后,我没指望靠说单口相声养活自己。我还照样去哈尔滨,给《本山快乐营》写剧本。

央视筹办第五届相声大赛,北京周末相声俱乐部的几位演员都报了名。他们提前在俱乐部演出,请大赛的王晓导演来提意见。参赛的节目数量不够一台晚会,所以也把我叫去凑数。

王晓导演看了我的单口相声之后,鼓励我也参赛。我当时没什么信心,因为参赛的节目要展示说、学、逗、唱的技巧,要有主题立意,形式还要新颖。我这单口相声,一个人站那儿嘚吧,没什么技术含量,能进决赛吗?

虽不抱什么希望,导演说"行",我就试试吧。这一试还就真进了决赛,糊里糊涂得了个二等奖。人们总以为大赛有黑幕,想获奖得给导演送礼。别人我不知道,反正我参赛得二等奖,连包烟都没给王导买过。

比赛那天,我说的单口相声给现场的观众逗得不行,特别是那位女公证员,笑得趴在了桌子上。说良心话,当时我没拿比赛当大事儿,因为我从心里觉得拿不了奖。台下的评委,李金斗是我的师父,冯巩老师、石富宽老师、赵炎老师……跟我关系都非常好,我提前连个电话都没给他们打过,也不指望得奖,也用不着人家照顾。

大赛是在晚上八点多播出的,播出之后不到一个小时,我就接到了好几个电话,都是记者采访。还有不少朋友给我打电话,说网上关于我的评论瞬间出来很多。

我是一个名不见经传的演员,突然引起了关注,有点儿不适应。我心里隐隐约约地感到，我是不是要火呀？当然了，这种想法一闪即逝。

虽说没大火，但是知名度确实大大提高了，总算有人知道相声演员方清平了。北京台的好几个栏目请我做专访，曝光率瞬间增加。有的时候，北京文艺频道连着两个节目里都有我。走在街上有人认识了，上场演出也有碰头彩了。

我尝到了出名儿的甜头，频繁地参加北京台的各种节目。不但我自己去，连老婆也带上了。只要能提高知名度，不惜"贡献"出家属。

当名利撞到身上我就有点儿晕菜了。

老朋友见面，会说："方清平，你现在可太火了。"我可就当真啦，嘴上说"火什么呀"，心里却美滋滋的。身边有热心的哥们提醒我："你现在是名人了，穿衣服得注意点儿，穿点儿名牌，才能显示自己的身份。出去吃饭也别去大排档了，掉价儿。得去高档餐厅，这叫包装，只有这样你才能越来越火。"

我耳朵根子软，别人说什么是什么。赶紧投资买了名牌的衣服，从头到脚把自己装扮起来。我花了好几万块钱，到明星们常去的新光天地商场，买了手表、眼镜、拉杆箱、衣服、帽子、皮鞋等"道具"，去外地演出的时候，全副武装，腰杆笔直地走在机场大厅里。

出去吃饭也注意了，专挑富丽堂皇的餐厅进。

坚持了几个月不行了，感觉太累。我就是觉着穿中式裤褂、布鞋舒服，就是觉得大排档跟小吃店方便，顺口儿。这时候我明白了，我就是个普通百姓，就是个平民。虽说有点儿小名气，骨子里永远是个市井小人物。

脱口而出

每年春节，市里的领导都要跟北京文艺界、体育界的名人吃顿饭，是一个交流的好机会，也是关心和慰问。北京台负责这件事的齐建彤主任，跟我关系不错，我当编剧的时候经常跟他合作，再加上我还得了相声大赛二等奖，他就把其中一个名额给了我。

我属于电视台的代表，电视台直属市委宣传部，所以我跟当时的市委宣传部部长一桌。说实话，在当时，那是我能一桌吃过饭的最大的领导，我很激动，于是大着胆子就跟领导说："咱北京就没有自己的脱口秀。领导应该跟电视台说说，给我一个平台。"话一出口，我就有点儿后怕了，咱和领导第一次见面，就这样不懂规矩，给领导留下坏印象咋办？

事实证明，我的担心是多余的。很快，《脱口而出》播出了。很多不知道"内情"的人都说："方清平在市委宣传部有人，给他特批了一个栏目。"殊不知，我谁也不认识，就是在饭桌上斗胆说了几句话，结果撞了个大运。天上掉下个馅饼，真砸我头上了！

这是北京电视台第一个专门为个人创办的栏目，节目播出之后反响热烈。这种好事儿降临到我方清平的头上，绝对不是因为我有本事，更不是因为我有头脑、善交际、会经营，因为什么呢？可能是傻人有傻福吧！

《脱口而出》"五一"期间连着在电视台播了七天，这下大街小巷的人都认识方清平了。

有一段时间，北京台每天中午十二点半，准时是个大秃脑袋的人说脱口秀，说自己媳妇、儿子的笑话。

每期节目的开场我都说那几句固定的顺口溜儿："我叫方清平，爱吃鸡蛋灌饼……"北京城很多人都会说了。马甸桥下有个卖鸡蛋灌饼的，车子上贴着我的大脑袋照片，旁边打着一行字——"我叫方清平，爱吃鸡蛋灌饼。"

节目组的编导路过那里看到这一幕，感觉非常有趣，想拍下来作为花絮在节目里播。卖灌饼的小贩说了："要拍可以，必须得给一百块钱劳务。"给剧组的人气得："你拿我们的主持人做广告，我们还没收你钱呢，你还跟我们要钱？"

不给钱人家不让拍呀，没办法，只好给了他一百块钱拍摄费。白用我给他做代言，还挣了电视台一百块钱，咱中国的很多老百姓真是天生做生意的料。

节目连着播出了一年，收视率一直在文艺频道名列前茅。借着这个热乎劲，我在保利剧院办了个专场，效果非常好，八百多块钱一张的票都卖完了，我都没想到。

我这个人不爱麻烦别人，除了请好哥们付强主持，请两对年轻演员中间帮着说两段相声，我下去休息一会儿，剩下的时间都是由我一个人完成。一个人站在偌大的舞台上，面对着楼上楼下黑压压的观众，我体会到了前所未有的成就感。

我不紧不慢地说着，台下的笑浪一阵高过一阵。原本准备的演出时间为一个小时，我又临时加了些内容，一个人演了八十分钟。演出结束后，台下的观众久久不肯离去，我冲着观众长时间作揖、鞠躬，感谢衣食父母的厚爱。

还有很多观众冲到台前，要求签名。我弯腰签了十几分钟，我不怕累，保安开始清场，我请求保安宽容一点儿时间，让我满足每一位要求签名的观众。

《脱口而出》栏目组的兄弟们都到场助阵，有的给我当助理，有的帮忙催场。演出结束，我请大伙到簋街吃饭。男男女女都喝了不少酒，大家都很兴奋。

回到家已经夜里两点了，我还是睡不着。我一个人在小区里漫无目的地走着，脑子里回忆着剧场里那一幕幕场景，回忆着我在舞台上说的每一句话，回忆着观众的每一次掌声……

后来，剧院应观众的要求，又加演了一场。

激动、兴奋了几天之后，我开始冷静地思考："我这知名度在北京已经可以了，现在得考虑往全国打开知名度了。"

说起来容易做起来难，怎么在全国打开知名度呀？我这儿正发愁呢，机会来了。

贵州卫视要策划一档周播的脱口秀栏目，策划了半年多，试着录了一期，连和尚都请去做嘉宾了，台里领导感觉还是不行。他们找到孙涛，想让他当主持。孙涛以演电视剧没档期，对脱口秀没兴趣为由拒绝了，把我推荐了过去。

我录了一期样片，台里领导看了很满意。就这样，我又在贵州卫视有了自己的脱口秀节目，这回全国各地都能看到我啦。可惜节目播出后没达到预期的效果。总结原因，是没有保持自己冷幽默的风格，总想着适应南方观众的口味，节目太热闹，不是我的特色了。

打过长江去

《脱口而出》之后，我又连着几年登上北京春晚，并且有一年创造了北京春晚的收视最高点，还获得了全国春晚评比的优秀节目奖，在北京混了个脸儿熟。问题是受南北文化差异的影响，南方人一般不爱看北方的电视台，所以南方观众对我可能不太熟悉。一个相声演员要想成功，必须让全国观众都知道，能出北京城这个圈子。

这时候机会来啦。东方卫视有个栏目叫《笑傲江湖》，导演找到我，邀请我参加。我开始有点儿犹豫，因为参加这个节目的基本上都是草根素人，我毕竟是北京城有点儿名气的演员，去参加是不是有点儿丢份儿？另外，虽说参加节目的都是草根，可都是在基层锻炼多年的老演员，水平非常高。明星们的套路观众都熟悉，他们的套路新鲜，而且不受束缚，在台上敢折腾。我在这些演员中就算是有名气的演员了，但有可能穿鞋的干不过光脚的。

又一想，即便夺得不了好的名次，能够有个免费宣传的平台也不错，去！结果还真没白去，虽说没得冠军，但是给南方

我要出圈儿

的观众留下了深刻的印象。

特别是总决赛,冠军在街舞和相声之间展开争夺,我负责给相声演员拉票,即兴说了几句话:"他们和我一样,背后没有强大的团队做支持,把奖给了他们,就更加说明咱们这比赛没有黑幕。而且咱们这毕竟是喜剧比赛,把奖给了街舞,过两天街舞大赛,拉小提琴的得奖了,那就乱啦!"

我这几句话一说,现场观众热烈鼓掌,制片人后来给我发信息,"你这几句话太精彩啦,是整场节目的亮点。"这几句话后来被人发到了网上,确实火了一阵儿,这才叫"不知道哪片云彩有雨"。这话可能有点儿得罪街舞选手,但是我当时只是为了完成节目组交给我的拉票任务,对他们没有任何成见。这就跟律师一样,没有自己的感情色彩。我感觉对不起那几位街舞艺术家,在这儿给人家道个歉。

《笑傲江湖》播出之后,江南一带找我商演的多起来。紧接着我又参加了东方卫视的《笑声传奇》节目。我照样没得奖,但是我说的段子《从很久以前到很久以后》流传开了。

其中一个片段是说医生看化验单,看完皱眉"完了完了,不戴眼镜什么也看不见",传播很广,只要接触到医生朋友,他们都跟我说起这个段子,弄得我赶紧开玩笑:"我说的不是你们医院啊。"人家倒挺开心,现在的人都很懂得幽默。很多人拍抖音还都用我这个段子配了画面。

还有一个片段是说长生不老的事儿,说将来科学发达了,人吃了长生不老药,就算活腻了也死不了。这个段子流传得更广，因为很多人觉着，这种情况可能真是未来人类将要面临的问题。

《欢乐喜剧人》我也参加了两次。我这种聊天讲笑话的方式，跟热闹的小品比起来，肯定是吃亏，拿不到好名次。但我的想法是，只要参加了就是胜利。电视台替我宣传，还给我钱，何乐而不为？

最近几年脱口秀很火，对相声冲击很大，我也尝试着到脱口秀剧场演出。观众和演员都是二十多岁的年轻人，人家的话题都是租房、上大学、求职，这些东西距离我太远，我跟人家没有共鸣。所以我决定放弃这个市场，保住我自己的风格和观众群。

现在看电视的人少了，手机成了生活必需品，自媒体火了。于是我也申请了抖音号、快手号、今日头条号，不定期地拍摄段子发上去，有几百万粉丝了，好比喜欢我的朋友又聚在了一起。

拍戏

我人生第一次真正拍摄电视剧，是二十岁出头，在一部电视剧里客串个打快板儿的角色。导演是港台的，根本没正眼看我，说了句："这个角色去掉。"我就没事儿了。拍戏的地方在远郊，不通公共汽车，那时候又没有网约车。我早上去的，在荒郊野外溜达了一天，一直到天黑，才搭剧组车回到城里。挣了二百块，收入可观。

三十多岁当编剧，写一部由刘佩琦、李立群主演的民国戏。名字我忘了，只记得是写古玩题材的。导演让我客串了个角色。出场五分钟，几句台词。戏中我追打一个老太监，拍着拍着老太监突然倒地。我心说，戏里没这情节啊？还用脚假装踢老太监呢，导演过来了，"快叫救护车。"敢情是演员休克了！

那次由于是编剧身份客串，待遇好点儿了。在化妆室化妆，又进来两个人。化妆师跟那俩人说："这是主演的屋子，你们在大房间。"我的自豪感油然而生。

戏播出之后，我走在街上，一位大姐指着我说："贺小六儿。"我心说："什么眼神儿呀？我是方老大！"突然想起来了，我在戏里演的人物叫贺小六儿！竟然让人认出来啦！高兴得我回家多喝了好几杯。

后来说单口相声出名儿之后，开始有人约我演主要角色。第一次跟组啥都不懂，再赶上那个组的制片部门有点儿欺生，让我和助理住一个房间。同组的演员告诉我："要是对我这样，我敢骂他。"我一听，咱也别破坏剧组规矩呀，也找制片部门吵了一架，从那儿以后他们对我客气多了。

看来进哪行都得有"引路人"。

同组的演员还告诉我："给各部门都买点儿零食送去，偶尔请现场的人员喝回饮料，这样人家会多照顾你。"我都一一照办。他看我喝的是普通矿泉水，还告诉我："你是主演，得喝我这种牌子的水。"我赶紧让助理去买水。

他还告诉我很多剧组的行话。比如吃饭吧，要说"放饭",听着跟监狱里似的。跨进一个陌生的行当确实不易,好在我爱交朋友,总有人指点我。

要说拍戏可比说相声辛苦多了。有一回冬天拍摄我在河边死去的戏,那天零下十几度,我在河边冻了一早晨。拍我死去的特写镜头时,我躺在地下不停地哆嗦,愣是停不住。导演一看死不了呀,只能让我回车里暖和一阵儿,再出来接着"死"。

热天在横店拍古装戏,四十多度,烈日当头。我得穿着好几层古装衣服,再粘上胡子、戴上假发,还没拍呢衣服就湿透了。明星身后头总有人给撑着伞,怕晒黑喽。导演一喊停,明星赶紧脱下戏服,跑回房车。再开拍的时候,再从房车跑过来,穿上戏服。冰火两重天,来回折腾,比我们在原地休息的还累。后来明星也学聪明了,原地待着了!

当然了,最苦的是群众演员,没地方歇着,一晒就是一天。要说横店的群众演员可真有不少高手,让哭就哭,让笑就笑,光死法儿就会好多种,绝对演技派。很多群众演员是怀揣明星梦来的,晚上在横店散步,经常能遇到群众演员在小吃摊儿喝着啤酒交流演技,还有老群众演员给年轻的群众演员讲斯坦尼斯拉夫斯基的《演员自我修养》。

我拍得最苦的一个戏是在涿州摄影棚里,我演男一号。头一回当主演太激动,签合同的时候没注意看休息日和每天的工作时长。结果我每天早上得八点出工,晚上十一点收工,在棚里连着干了一百天。那时候我最大的梦想,就是让我上商场转转，什么都不买也行，就想看看人群。那是冬天，棚里怕电路起火，不让使用任何取暖设备，屋里比外边还冷。我拍的又是夏天的戏，每天穿着单衣单裤，冻得说台词都不利索。

导演跟我关系不错，晚上请我喝酒。这一喝酒坏了，痛风犯了，走路一瘸一拐。剧组赶进度不能歇工，导演加了段儿演员腿部受伤的情节，一瘸一拐地演一瘸一拐的，正合适。过两天我腿好了，导演又请我喝酒，敢情他觉着我腿好了再演一瘸一拐的戏不像了，想让我再喝痛风了。

我拍戏给观众留下印象最深的一部应该是《老酒馆》。陈宝国老师主演的，我在剧中演了一个在日本侵华时期说单口相声的艺人方先生。这角色是剧作家高满堂先生为我量身定做的，剧中人的职业和我一样，连姓都和我一样儿。性格也有点儿像我，说话挺葛①，个性挺强。只是最后舍生取义了，比我本人勇敢得多。

方先生就义前说的那一段大贯口儿，在网上传得挺火。感动了很多人，也说哭了很多人。拍摄的时候，我说完这段儿台词，陈宝国老师冲我竖起大拇指："现场艺术，就是厉害！"

我拍戏最火的一回是演个坏人，不但上了热搜，而且连

---

① 葛：北京方言，形容人的脾气古怪。

海外的自媒体上都有报道，弄得很多海外的朋友打跨国电话询问，可不是戏火了，是戏还没播，小视频先火了。

拍戏的场景是在宾馆，我戴着手铐，被两名警察从里面押出来。旁边的群众演员拍了个小视频，发到网上了。也搭着我演技不错，那种无助、沮丧的眼神，不瘟不火，恰到好处，一下就上热搜了，到处被转发。再一看评论，坏了，都当真啦！没一个说好话的，有的说："该！有点儿名儿就不知道姓什么了。"还有的说："我早就看出来，他不是好东西。"也不知道他们从哪儿看出来的。还有的说："事发时本人正在现场，警察冲进房间的时候，屋内只有一个女子躺在床上，桌子上放着二百元现金。方清平一丝不挂，蹲在窗户外面的空调上。"这位还挺有经验，连钱数都知道。

我的手机这时候就被打爆了，电话接通之后，对方都是先一愣，过会儿才问："你是方清平本人吗？"我懒得一遍遍解释，索性把手机关掉。过一会儿我媳妇儿跟我说，你还是把手机打开吧，网上说了："小编拨打方清平手机，一直处于关机状态，看来被捕入狱一事是真的。"

静坐别思己过
閒談莫論人非

清平

外头太乱

家里呆着安全

清平

越冷越幽默

2

故人和故乡的故事

我在北下关生活了十一年，但是不知道为什么，我脑海里关于旧时的回忆，有百分之五十都是有关北下关的，仿佛我在那里度过了半生。

我感觉我的人生只有两个阶段——

北下关时期，
还有后来的这些日子。

方清平

我的母亲

前两天,我梦到母亲了。梦中的一草一木,都看得真真切切,比现实生活中经历过的场景都记得清楚。

那是一个篱笆墙围起的农家小院,四周绿色掩映,有矮树,有葡萄架或者瓜秧之类的藤蔓,还有各种瓜果蔬菜。

母亲养了一群小鸭子,在地上跑来跑去,叽叽喳喳地叫着。

她站在一处光环里,戴着套袖,系着围裙,脸上洋溢着灿烂的微笑。

她捧起一只小鸭子跟我说:"你看,长得多好。"

外甥女从小由母亲带大,跟母亲感情最深。那天她对我说:"舅舅,我梦到姥姥了。在一个农村院子里,姥姥在种豆子,豆子都是金色的。"

我跟外甥女平常很少聊天,更没沟通过类似的话题,为什么梦境如此相近?

肯定是母亲的灵魂去了极乐世界,到了一处农家小院,过着悠然自得的日子。

要说我母亲,就要先说说我姥姥。我姥姥家在河北省保定市定兴县六里屯村。母亲出生在一九三几年,那时候的河北农民,唯一的生路就是在土里刨食。很多人一辈子没见过钱，以物易物，拿鸡蛋、粮食换柴米油盐。也没什么流动人口，偶尔来几个陌生人，都是逃荒的。

赶上灾年减产，一粒粮食都吃不着。什么野菜、树叶、草根儿、田鼠、麻雀，咬得动什么吃什么。这些东西都吃光了，把树皮、树枝子烧成灰，沏水喝，别让胃里空着呀。吃进去容易，排泄出来可就难了。那些东西根本就不是食物，吃到胃里消化不了，再一喝水，肚子圆鼓鼓的，一个月也消化不了。

还有那饿急了的乡亲，逮着能吃的东西玩儿命地吃。到最后不少人不是饿死的，是撑死的。

我说这些您可能觉得夸张了，那个年代的农村真有这事儿！

我姥姥养活孩子，就充分解放了孩子的天性。给口吃的，给口水喝，再给件衣服穿，别的就什么也不管啦，完全放养。

甭管怎么养活吧，反正我母亲长到了十六岁。这时候已经是五几年了，农民生活好多了，但还是吃不饱。

怎么办呢？

别瞧我母亲大字儿不识一个，可她老人家是个女强人。十六岁之前，她去过最远的地方，就是到固城镇赶集，她连定兴县城都没去过。

村里有那头脑活、胆子大的男人，实在饿急了，到北京城闯荡，挣了钱回家买大白馒头吃。母亲从中看到了希望，她觉着不能再待在家里挨饿了，她要改变自己的命运。

母亲虽然是个十六岁的女孩子，但是她照顾过七个弟弟妹妹,她脑子里想的绝对不是穿花衣服、搽雪花膏之类女孩子想的那些事儿,她想的是如何让弟弟妹妹吃上大白馒头。

母亲是家里的老大,一般农村家里的老大都是有主见的人,甭管男孩儿还是女孩儿。她用个布包袱包上十几张煎饼,这是河北农村的本命食,用棒子面摊的,不放油,因为买不起。煎饼硬得像三合板,放到水里都泡不软。农忙的时候一下烙一百多张,连着吃一个月。后来我姥爷死于食道癌,我觉得就跟常年吃这东西有关。

我母亲怀揣着煎饼来到火车站。没钱买票,进不了站台,她就在站外边等着。火车刚出站还没开起来的时候,她便从最后一节车厢的梯子爬上去,由后门儿进了车厢。

到了下一站,列车员赶她下车。她就在铁道边儿等着,再来车接着往上爬。就这样,她从定兴到北京,坐了三天的车才到。

那时候从定兴到北京,就相当于现在从北京去趟伦敦。十六岁的女孩子,根本不知道外面的世界什么样。她一个人,身无分文、举目无亲地独闯北京,不亚于告状的杨三姐、从军的花木兰。

我得感谢我的母亲,要不是她有这么大的魄力,来到了北京,那我很可能就生在河北农村,我也得在土里刨食,天天啃棒子面饼。也不对,不来北京我母亲也认识不了我父亲。

我二姨、三姨都得感谢我母亲。母亲不但自己在北京落了户,还把两个妹妹带到北京,都找到了婆家。我母亲找的第一份工作是弹棉花。那时候人们没有丝绵被、羽绒被,都是大棉被。盖的时间长了棉花都皴在一起，不暖和了，得花点儿钱找人给弹弹。过去定兴人闯北京，男的修脚、搓澡、摇煤球儿，女的给人弹棉花。我母亲在街头游荡，碰上了两口子带个孩子给人弹棉花，一听口音是定兴人，我母亲就跟着人家干，管饭不给钱。

　　弹棉花的工具很简单，就是一个类似弓箭的弓子，一床旧床单，还有做被套的梭子跟棉线。弹棉花都得在夏天干活儿，因为冬天人们得盖被子，不可能拿出来弹。走街串巷地吆喝，有人拿着棉花出来了，找个阴凉地儿，树底下呀、房后头呀，把被单子铺在地上，棉被套往上一放，就弹开了。弓弦儿弹在棉花上的声音挺好听的，像初学者在弹古筝。

　　晚上母亲就在街头露宿，让蚊子叮得浑身是包。赶上下雨就更倒霉了，得在人家门洞里、屋檐下蹲一宿。

　　冬天没有棉花可弹，我母亲就去工地当小工。和泥、搬砖，这是全工地最累的活儿，男人干一天都跟散架似的，更甭说十几岁的女孩子了。我母亲从四十岁就有风湿病、心脏病、关节炎，都是那时候累的。

　　她觉得凭力气吃饭，长久下去受不了，得学门儿手艺。工地上技术含量最高的工作就是油漆工，全工地手艺最好的油漆工叫马小辫。马小辫可不是女的，他是旗人，新中国成立后还留着小辫儿。

　　马小辫可不是一般的油漆工，颐和园长廊上那些山水呀、人物呀，有些就出自他之手。现在很多古建界的老人儿都知道马小辫，要是活到现在他就是大师了。

马小辫那样的手艺人，穿着跟现在装修队的油漆工可不一样。现在的油漆工穿身破迷彩，上头全是油漆点子。人家马小辫穿的是黑裤子白小褂儿，圆口布鞋白袜子，光头锃亮。抬头刷长廊顶子，半天下来身上一个油漆点儿都没有，要的就是这派头。

马小辫歇工的时候大长烟袋一叼，那烟袋一米多长，自己没法儿点，徒弟给点烟。那年头儿徒弟得伺候师父，得有眼力见儿，沏茶、倒水之类的活全都得干。

我母亲想跟人家马小辫学手艺，人家不教。那时候的手艺人都保守，教会徒弟饿死师父。还有一层顾虑，我教给你手艺了，你没学好，出去干活儿挨骂了，人家不仅骂徒弟，还骂师父手艺不行，这不等于砸师父的饭碗嘛。

马小辫有个软肋，爱喝酒，每天中午吃饭的时候都得来四两或半斤的。手艺好的人工资高，天天喝酒也喝得起。我母亲一瞧，这是可乘之机，没等马小辫的徒弟给他买酒呢，我母亲每天上午十点多钟就溜出去了，跟酒铺借个大海碗，打上满满一斤酒，小心翼翼地端着给送过去。

这下不仅马小辫有酒喝，他那几个徒弟也跟着沾光。马小辫就喝四两，剩下那六两，几个徒弟跟传递火炬似的，你一口我一口，也喝得红头涨脸的。

一个星期过去，我母亲的工资也花得差不多了。马小辫那几个徒弟先替我妈说上好话了，马小辫也喝高兴了，终于收我母亲为徒了。

我母亲一直到退休，干的都是油漆工的工作。靠着跟马小辫学来的手艺，还养活了我跟姐姐。

我小时候跟母亲不亲，印象中她很凶，整天骂父亲。她不做家务，也不带孩子，我一直由父亲看护，童年享受的母爱不多。

我说相声挣点钱之后，母亲想方设法地跟我要钱。我知道她过去受过苦，想让她晚年过几天富裕日子，想买什么就能买什么，别为钱发愁，我把挣到的钱大部分给了家里。给了之后母亲还要，我就对她有了意见，回家的次数也少了。

现在想起来，我能理解她。她这一辈子穷怕了，所以想把更多的钱攥到手里，这样心里才踏实。

母亲农村老家还有一个妹妹，她一直为没有把这个妹妹带到北京来而内疚。她深知农村生活的艰难，跟我要的钱，很大一部分偷偷给了那个妹妹。母亲虽然住进了城里的楼房，但是她无时无刻不关注着老家的一切。每到一个节气，她就会念叨："该种麦子啦。""该收老玉米啦。""该割韭菜啦。"

要是赶上天气不好，母亲又会发愁："这回庄稼算是遭殃喽。"

母亲最兴奋的时候，就是回老家的时候。她会把我给她买的金戒指、金项链、金耳环全都戴上，她要衣锦还乡。

她会买上一大堆点心、糖果，挨家挨户地送。

老家的老姨跟舅舅们来北京了，她会跟他们彻夜长谈，有说不完的话。

父亲在福建还有一双儿女，他们来北京探望父亲，母亲变着样儿给他们做好吃的，带他们游长城、逛故宫。在我看来，她是一个合格的继母。

2013年岁末的一个下午，我正在北京台录节目，接到电话，母亲去世了。我没有惊慌，也没有掉泪。母亲从我童年的时候就总是病危，该着的急都着过了，事情真来了，我反倒很平静。

母亲有福气，没受什么痛苦，睡了一个午觉就走了。

母亲的追悼会我也没哭，我觉着该为她做的都做了。

我三十出头的时候，挣钱买了套复式的房子。我让母亲搬进去，我住他们那套老房。

那套复式房子有露台，母亲在露台上养鸡、养鸭子、种菜，享受着收获的喜悦。

母亲心脏病严重之后，为了给她看病，我动用了所有的关系。

母亲很坚强，她知道自己随时有生命危险，但是从来没有害怕过，更没有掉过眼泪。父亲在床头哭，母亲还生气地说："以后你别来看我了，添乱！"

年轻时候谋生的经历，中年经受过的种种打击，把母亲的性格锻炼得坚不可摧。

母亲的墓地位置很好，要是没有雾霾，能看到大半个北京城。

那片墓地中还葬着裘盛戎、谭富英等京剧名家，母亲喜欢听戏，省得闷得慌。

还有小肠陈创始人的墓地也在那里,母亲喜欢吃这口儿,可以随时解解馋。

母亲走了之后,我感觉自己也快要老了。

赵家三辈人

相声这行讲究师承。我的师父是李金斗先生,师爷是赵振铎先生。提及赵振铎先生,年轻人肯定不知其为何许人也。五十岁以上的相声爱好者提到赵振铎先生,绝对伸大拇指:"那相声说得,地道!"

赵振铎先生的父亲赵文仲,在新中国成立前后,也是享誉京城的名人。他是北京城的摔跤高手,江湖人称"赵四皇上"。

赵四皇上

北京朝阳门外有个地方叫下坡,就是现在雅宝路一带。过去是回民聚居区,赵文仲先生就是那一带的回民。

在老北京时期,足球、篮球、羽毛球,那都是有钱的洋学生玩儿的。一般老百姓哪儿买得起球呀?可老百姓也不能闲着,也得玩儿呀,玩儿什么呢?

女孩子就从街坊家大公鸡身上揪下几根儿毛来,绑个毽子踢。要不就跟肉铺的伙计要几块羊的关节骨,做成"拐",在地下耍着玩儿。羊关节骨怎么耍呀?一两句话还真说不清楚,当面儿给您示范一下儿您就明白了。但您看完肯定一撇嘴:"这有什么玩儿的呀？"

北京的男孩子玩儿什么呢？文艺活动就是吹口哨儿，体育运动就是摔跤，都不用花钱买器材呀！赵文仲先生在摔跤方面可是一把好手儿，20世纪30年代他给大资本家万福麟看家护院，就是当保镖，那身手能错得了吗？

20世纪40年代，赵文仲先生在北京的西单摆摊儿卖艺，有个俄国大力士找他比武较量。大力士比赵先生重一百多斤，愣让赵先生给摔倒在地。长了中国人的威风，他也落个"赵四皇上"的美名。

赵文仲先生在家排行第四，所以人称赵四。为什么加上个"皇上"的头衔呢？皇上就是老大，赵四皇上，说明赵四在这一带是老大。在过去的北京城，敢叫这么个外号的，没点儿真本事，当地的小流氓能就给你灭咯！"赵四皇上"这外号叫了几十年，说明老爷子是真有本事。

新中国成立后赵文仲先生在官园体育场开设摔跤训练班，广收门徒。20世纪五六十年代，北京的混混们一听赵文仲的大名，那绝对恭恭敬敬。

老北京人都喜欢养鸽子，有一回赵先生的鸽子放出去没飞回来，让人给偷了。徒弟们放出话了："赵四皇上丢鸽子了！"第二天偷鸽子的人把鸽子都放回来了，一只没少。

"文革"的时候，一帮红卫兵不知深浅，来抓赵四皇上。地主都得挨斗，甭说皇上啦！红卫兵押着赵先生就走，老伴儿害怕了。赵先生说："甭害怕，晚上就回来，给我做碗牛肉面！"红卫兵急了："你还想出来？少说判你个十年八年的!"

结果呢?当天晚上,赵先生溜溜达达地回家了。公安系统里有不少赵先生的徒弟,一听说红卫兵把师父抓走了,那还了得?去了几十口人,到那儿就把赵先生给要出来了。

赵先生一辈子接触三教九流,黑白两道,有很深的社会经验。师爷赵振铎跟赵世忠搭档,在20世纪50年代红极一时,人称"北京二赵"。有一天赵振铎先生跟父亲说:"最近不知道为什么,赵世忠在台上的话越来越少。"赵四皇上说:"明天中午,叫赵世忠到爆肚冯饭店来吃饭。"

第二天中午,赵四皇上开门见山问:"你是不是要跟振铎散伙?"赵世忠不敢瞒老爷子:"马季叫我给他捧哏去。"赵四皇上说:"'北京二赵'是块金字招牌,你们俩人要是散伙,两败俱伤。"赵世忠一听:"您甭说了,我哪儿也不去,就跟振铎在一块儿。"

20世纪50年代经常举办全国性的中国式摔跤大奖赛,内蒙古队员人高马大,北京运动员跟他们几次交手,全都败北。赵文仲先生那时候已经是北京队的教练了,他的徒弟要跟内蒙古队员交手,老爷子传授锦囊妙计:"别真摔,逗他们玩儿,趁他们麻痹大意的时候,出其不意将对手摔倒。"

徒弟答应得挺好,真到了场上,周围的观众喊声震天,他早把赵先生的话忘在了脑后,一交手就铆上劲儿了。没人家力量大,结果被人家摔倒在地。

中场休息,老爷子过去就给徒弟一个嘴巴,当时就给徒弟打愣了。"师父,您干吗打我呀?"他哪儿知道呀,赵四爷这是一个嘴巴点醒梦中人，徒弟已经摔红眼了，跟他说什么他也听不进去了。先把他给抽清醒了，再告诉他："不是跟你说了嘛，玩儿着摔。"

徒弟恍然大悟，再上场就跟内蒙古选手玩儿了。内蒙古选手蒙了，"他怎么不用劲儿呀，这是比赛还是闹着玩儿？"趁对方一走神的工夫，赵先生的徒弟一个漂亮的绊子将对方摔倒在地。

照方儿抓药，第三局赵先生的徒弟又获胜，最终赢得了这场比赛。

我师父李金斗先生年轻的时候在曲艺团也总受排挤，经常到赵四皇上处请教，老爷子马上传授锦囊妙计，我师父回去照方抓药，问题马上迎刃而解，老爷子神就神在这儿了。

20世纪80年代初，赵文仲先生得了癌症。最后那段时间是在家养病，到了晚上疼痛难忍，赵先生疼得睡不着觉。

没过多久，他就去世了。

给赵四皇上送葬的队伍，浩浩荡荡，轰动一时。老爷子活着的时候风光了一辈子，走的时候照样体面。

赵四皇上一介平民，无权无势，也没钱，为什么直到去世都有那么多人尊重他呀？一是老爷子当年的摔跤技艺让人佩服，二是老爷子一辈子积德行善，广收门徒。现在的师父教学生为挣钱，但老爷子教学生，不仅不收学费，还得搭饭钱。

那时候的人家里都不富裕，吃饱饭都困难。再有个孩子练摔跤，饭量更大了，家里肯定有意见。老爷子工资不低，家里没负担。每天在厨房里炖一锅牛肉，徒弟们练完摔跤，每人吃一大碗牛肉面再回家。

现在，您从热闹的西四大街七拐八拐，走进一条连汽车都开不进去的小巷，有个独门独院，那就是赵文仲先生的故居。赵先生晚年在院子里铺了沙子，教徒弟们摔跤。

师爷赵振铎

师爷赵振铎是赵四皇上的养子，本姓双，满族，出生在北京高碑店（不是卖豆腐丝那高碑店，那属于河北）。家里弟兄两个，父母养活不起这么多孩子，正好赵四皇上膝下无子，就把师爷过继给了赵家，师爷也就由满族变成了回族。师爷还有个同胞哥哥，我见过一面。师爷的长相很特别，双眼炯炯有神，一头茂密的卷发，他哥哥长得跟他一模一样。

20世纪五六十年代，中国文艺界最红的年轻演员有"四马二赵"，"四马"当中有一马是马季，"二赵"就是指赵振铎、赵世忠。师爷年轻的时候红极一时，工资也比别人拿得多。人长得精神，穿得也体面，骑一辆凤头车，相当于现在的奔驰酷跑，到哪儿回头率都是百分之二百。师爷年轻的时候，可谓春风得意。

1976年粉碎"四人帮"，相声又火了起来。那时候电视还没有普及，收音机里只要一播相声，胡同里的聊天声马上停了下来，大家都竖起耳朵来听。师爷洪亮的嗓音、独特的说话腔调，深深地印在了人们的脑海里。师爷说过的段子，比如"风吹水面层层浪，雨打沙滩点点坑""昨夜一点相思泪，今日方流到口边"，可以说是家喻户晓，妇孺皆知。

后来师爷被推上了领导岗位，当上了北京市曲艺团团长。他是20世纪50年代入党的老党员，对党有着深厚的感情，一心想把党交给的工作干好。可他有艺术才能，却不懂领导艺术，这个官儿当得挺累，也没干出什么成绩，还得罪了不少人。

那时候曲艺团效益不好，要给老艺人降工资，师爷大公无私，先拿他的师父王长友先生开刀，给王先生降了一级工资。然后再拿徒弟媳妇儿开刀，我师父李金斗的爱人是团里的单弦演员，早该评一级了，但是师爷就因为她是自己徒弟的媳妇儿，不同意我师娘评一级。师爷的大儿子是燕京曲艺团的相声演员，燕京曲艺团解散了，师爷完全可以把他调到自己所在的曲艺团，但是师爷没有滥用职权，后来他大儿子当了厨子。

师爷一心想当好这个团长，但是上级领导还是把他当成艺人看待。艺人们，又把他当成领导看待，两头儿没落好儿。当团长那几年，自己吃亏受累，没捞到任何实惠，还得罪了很多人。

从领导岗位下来后，师爷还想好好地说相声。但是时过境迁，观众喜欢的是我师父李金斗，还有笑林那样的年轻演员，师爷的段子过于传统，完全依靠语言的幽默，剧场观众已经没有耐心听下去了。

现在传统相声又吃香了，师爷如果能活到现在，绝对还能大红大紫。但是当时没人听传统的东西，相声话题越新越受欢迎，越闹剧场反响越热烈，电吉他相声成了舞台的宠儿。

那时候传统相声是墙内开花墙外香。1986年，师爷跟随北京曲艺团到新加坡演出，他表演的传统相声是最受欢迎的节目，有的包袱儿能让观众笑一分钟。师爷对那次新加坡之行很得意，把录像带拿回来让我们看，不乏炫耀的意图。

但是国内的剧场演出情况就不同了。观众喜欢听的是《学唱"大篷车"插曲》《恋爱歌曲漫谈》之类的节目，师爷辉煌的时期已经过去了。师爷的搭档赵世忠先生又退休了，师爷找了个新搭档，水平跟赵世忠先生没法儿比，搭档起来很不顺利。

后来师爷也退休了。

他感觉很落寞，没事儿就在家里喝闷酒。我常去师爷家陪他喝酒，听他给我讲述他演过的传统段子。师爷总说："传统相声有不少好东西，你赶紧学吧。"可惜我没让师爷排过一个节目。一来年轻不懂用功，二来排练了也没地方演，当时传统相声没什么市场。三来呢，师爷本事太大，当着他的面儿说段子，心里发怵。

老辈人活着的时候，我没觉得他们身上的东西有多宝贵，不知道珍惜学习的机会。现在想好好学了，可是人已经没了。很多传统的好东西，都是这样失传的。

后来师爷得了食道癌，住院期间，我去陪床。晚上他睡不着觉，就一段一段给我讲述他年轻时候说过的段子。很多段子他多年不演，已经记不全了。可惜当时没拿录音机给录下来，要是留到现在，是很珍贵的资料。

师奶奶那时候是医院的护士长，师爷能住上单间。我经常是喝着小酒，听师爷给我讲着段子。师爷爱喝酒，所以从来不管我喝酒。第二天师父去医院，问师爷："小方照顾您怎么样？"师爷说了："哪儿是他照顾我呀？喝完了就睡，一晚上我给他盖了三回被子。"

1994年，师爷第一次做完手术，正在恢复期间，台湾方面邀请他去演出传统相声。他晚年曾经对我说过："我现在说相声不为挣钱，只要有人真听就行。"他听说又有人愿意听他说传统相声了，欣喜若狂，不顾医生的劝阻，带病去台湾演出，演出效果非常好，轰动宝岛。

师爷在台湾挣了一万多块钱，一生节俭的他，用这钱给老伴儿买了枚戒指，这是他这辈子送给爱人的唯一一件首饰。他是不是预感到自己将不久于人世，想给跟随自己风风雨雨几十年的爱人留下点儿念想呢？

回来后师爷又住院了。正赶上相声老前辈罗荣寿去世，师爷当时病情严重，但是义字当头的他还是带病参加追悼会，回来病情更严重了，再也没能起来。师爷的最后一段时光是在家中度过的，晚上我经常去陪他。

他人生的最后一个除夕，师父带着我们到床前给他敬酒。给他嘴里点了三滴酒，一生爱酒的他此时已经喝不下了，只有默默地流泪。

师爷的葬礼也在下坡清真寺举行，他的亲友和老观众都去送行。清真寺门口那条街的生意人听说要送赵振铎先生，主动停业半天，让出道路来。北京不少群众都去送行，大伙轮流抬着师爷的灵柩，送出好远才上车。

那天，赵世忠先生望着合作了几十年的老搭档，说了一句话："你是有福不会享啊！"是呀，如果师爷晚年不当团长，少生闲气，肯定能多活几年。现在的某些艺术大师，跟当年的师爷比差得很远。但是人家坚持下来了，所以享着福了。

十几年后赵世忠先生也去世了，跟师爷得的是同一种病，连病变的部位都相同，还是同一个大夫给做的手术，这就叫"缘分"吧。哥俩合作一辈子，有感情，也有矛盾。赵世忠先生为什么比师爷多活十几年呢？因为赵先生"糊里糊涂"，不生闲气，不操闲心，这就叫"难得糊涂"。

师爷去世前立遗嘱，公证员就是后来给央视很多大奖赛当公证人的阎梅女士。她听说师爷这么一位著名的艺术家，曲艺团的领导，遗产才两万块钱，师爷的故事使她感动得流下了热泪。她不知道，这两万元里，还有一万是我师父李金斗给的。

师爷一生出过大名，但是没挣过大钱。他的生活非常节俭，很多时候一把花生米就是他唯一的下酒菜。但是他对晚辈不抠门儿，我们去的时候他会亲自调芝麻酱，请我们吃涮羊肉。我说："师爷，羊肉不够了。"师爷说了："羊肉不够，白菜找齐儿！"

我师父的儿子也是师爷和师奶奶给带大的。他四五岁的时候，有一天看完外国电影，回家跟师爷说："爷爷，我想吃西餐。"师爷说:"给他盛碗米饭,让他上马路西边吃去。"

外地的相声前辈来京看望师爷,他都会热情招待。有时候在家请客,让我们到饭店端水煮牛肉、香酥鸡这些解馋的菜来招待。有一回部队的快板艺术家朱光斗先生来京,师爷请他吃烤鸭。喝了不少酒,还要教人家:"卷烤鸭得这样,先抹酱,再放葱,放鸭肉,然后一卷……哎,饼呢?"他把酱都抹桌子上了。

师爷走得太早了,要是活到现在,得多吃多少好东西呀!

不着调的大伯

师爷赵振铎先生有两位公子一位千金,今天单说大公子赵京。按照传统的称呼,我叫他大伯。那个字不念"bó",念"bɑi"。大伯最大的特点就是不着调,最大的爱好是喝酒。

物以类聚,我们爷俩关系最好。

大伯过去是燕京曲艺团的相声演员,演过《理发》《八扇屏》等段子,场面相当火爆。他还跟赵四皇上学过摔跤,参加过青少年组的比赛,胜了好几场。后来比着比着想吐痰,一口痰吐在裁判脸上,让人罚下场了。

后来燕京曲艺团解散,师爷的爱人是医院护士长,通过关系让大伯到医院当了厨子。从舞台到了灶台,按说应该挺失落,但是大伯干得挺带劲,他还编了个段子调侃自己——

赵京:"您这儿需要演员吗?我会说相声。"

对方："您是哪个团的？"

赵京："我是厨子。"

对方："起什么哄呀？"

赵京："我爸爸是赵振铎。"

对方："出去出去。"

赵京："我师哥是李金斗。"

对方："再说我抽你！"

……

大伯挺孝顺，在家收拾屋子、做饭，什么活儿都干，就是说话不靠谱儿。师爷重病的时候，老伴儿守在床边，二人相视流泪。大伯进屋一看，想安慰老人两句，唱起来了："亲爱的爸爸妈妈，你们好吗？"给师爷气得："好你大爷！"

师爷去世，刻墓碑的时候，师奶奶问师爷名字旁边为什么空着，大伯说了："等您那什么的时候，把您名字刻那儿！"说的倒是实话，但是不能那么说呀！

后来大伯到医院的食堂当厨师长。有一天喝多了酒，把管后勤的领导给骂了，又降成了厨子，工资降到了三千多块钱一个月。大伯一点儿不难过，"那也够花啦！"

说起我跟大伯结缘，还是因为酒。师爷在世的时候，我经常到师爷家喝酒。师爷喝几口就上旁边看电视去了，我跟大伯在客厅守着一把花生米，从中午喝到下午三四点。喝完酒还比赛，看谁说《八扇屏》不打磕巴，请师爷当裁判。师爷是老党员，挺公正，跟大伯说："你不如他。"

四十岁之前我没挣什么大钱，住在老旧小区的一套斜房子里，地板跟墙都裂了缝，家具是二十年前的。最大的快乐，就是跟大伯在家喝酒。就我们两个人的时候，我躺在床上，大伯拿个小板凳坐在床边，酒就放在床边的小茶几上，我俩喝到深夜。太晚他就不回家了，在客厅的小沙发床上将就一宿。

大伯是个勤快人。第二天我还在梦乡的时候，他已经起床把茶沏好放在床头了。屋子收拾得干干净净，早点也准备好了，而且不影响他早上八点到单位上班。

有时候家里来七八个人，守着破餐桌会餐。这时候大伯会展示他的厨艺，做一桌子好菜。别瞧屋子破，我们连当时非常高档的河豚都吃过。河豚收拾不好会有毒，大伙怀疑大伯的手艺，就让他先吃一条。过一会儿看他没事儿，才动筷子。

北京很多餐厅都留下过我和大伯的足迹。从老字号到路边小馆，只要味道好，能喝酒，我们不挑环境。有一回我们到一家中档餐厅吃饭，大伯嫌人家炒的菜不好吃，自己下厨炒了一个。我挺泄气，"称呼您半天赵总，这回彻底让人知道您是厨子了。"

偶尔酒瘾犯了，我会打电话约大伯出来喝酒。想说什么说什么，想怎么疯怎么疯。即便借着酒劲抬杠、吵架，第二天酒醒了，也就当个笑料说，谁也不会记仇，因为我俩关系太近了。

有时候我在外面说错了话，或者办错了事儿之后，也会找大伯喝酒。在大伯的心中，即便我错了也是对的，他会安慰我说:"你骂他了?骂他就对啦,我还想骂他呢!"他这么一说,我心头的疙瘩解开了,懊恼的心情随风而去。

媳妇儿心疼我的身体,不让我喝酒。每次我跟大伯喝酒之后,被媳妇儿发觉了,她都会给大伯打电话,"您怎么又叫他喝酒呀?"大伯一肚子委屈,"我什么时候叫他了?真是他叫的我!"

前两天约大伯在某处集合。到了集合地点,没发现他的影子,我还奇怪呢,"我们俩约会他都是早到,今天怎么了?"正想着呢,大伯从一个小胡同里钻了出来,"我早就来了,怕你媳妇儿跟踪,所以先隐蔽起来观察观察。"

他真让我媳妇儿吓怕了。

别瞧大伯比我大十岁,身体没毛病,喝半斤八两的没问题,第二天照样儿上早班儿。人有所失就有所得,大伯没成为相声艺术家,但是他落下副好身板儿。

前两年他退休了。正赶上疫情,上外面吃饭不方便,我就腾出个房子做了老方会客厅,起名"安乐居"。三五好友吃吃喝喝,又省钱又舒服。我想着让大伯到我这儿做饭,每次给他五百块钱。这样朋友们能吃到超越大饭店厨师的手艺,大伯退休后也能增加点儿收入。一说这事,大伯差点儿跟我翻脸,他说做饭可以,给钱坚决不行,他觉着我们是亲人,谈钱影响感情。后来我们经常在"安乐居"聚会,品尝大伯的手艺。

外地某饭店聘请大伯去做行政总厨,他去了几个月,我们非常想念他。正好我去那里演出,借机会探望大伯。大家相见甚欢,我们接着去下一个演出地点了,结果我们还没到北京,他先回北京了。他觉着岁数大了,还是守在亲人身边乐呵。

他活得自在,活得快乐,活出了真性情。

大伯对我最高的评价就是:"方清平是男子汉,过去穷得叮当响的时候什么样儿,出名之后还什么样儿,没变!"

一些故人

丁玉鹏行状

我读过汪曾祺先生的小说《云致秋行状》，才知道"行状"就是为逝者写的生平。我佩服汪先生平中见奇的文笔、随遇而安的性格、无酒不欢的性情，就学着汪先生，给丁爷写篇行状。

1928年7月，丁爷生于北京地安门附近一个小康之家，是家中的独子。丁爷一直上到小学毕业。在老一辈相声演员当中，绝对算是有学问的。丁爷跟曲艺老前辈金晓珊是邻居，又喜爱相声，于是天天到金先生家学艺。

金先生是曲艺票友，满族旗人。过去有钱人喜好曲艺，但是绝对不会靠这个挣钱，人家就是说着玩儿，到各大宅门走堂会，耗财卖脸。丁爷学会了说相声，家里也没让他干这行，而是让他到崇文门外的青山居当伙计。

青山居是个茶馆，老北京玉器行的人都在那儿谈生意，三教九流、社会各界的人想买卖玉器也都去那儿。在那儿谈生意的包括从清宫造办处玉作出来的师傅、破落的旗人显贵，那可都是见过大世面的。丁爷从这些人身上学到了太多的知识，风土人情、秘闻野史、美食小吃、地名典故……堪称一位合格的民俗学家。

丁爷晚年，给我讲了很多他在茶坊的时候听到的故事。可惜我没心没肺，要是都给记下来，也是不错的老北京民俗史料。

青山居附近有不少玉器作坊，丁爷后来就进玉器店当了学徒，练就了鉴别玉器真伪的好眼力，也学会了雕琢玉器的手艺，造假、修补的技术也知道不少。粉碎"四人帮"之后，曾经有人要请他到玉器店当顾问。他离不开相声，婉言谢绝了。

20世纪90年代初，师父有个街坊要投资玉器，打算用全部财产买个老物件，说转手一卖就能翻十倍。师父好心眼儿，怕邻居上当，"您先把东西拿过来，我带您找个高人看看。"师父带着邻居来到丁爷家，丁爷打开屋里的管灯，拿玉器对着管灯一照——"假的。"

邻居当时什么话都没说，跟师父出来之后，把嘴一撇，"这老头儿干吗的呀？您瞧他住那间小平房，家里连件像样的家具都没有，他见过玉器吗？"师父一瞧，人家不信丁爷，那咱就甭劝啦。结果这邻居买了那件东西，赔了个倾家荡产，从此之后就消失了。

师父认识个朋友，非要把家传的一个玉器镯子卖给师父。正好我在场，跟那人说："我们先拿回去看看吧。"那人很不屑，"您随便看，是假的我赔您十倍的钱。"拿到丁爷家，对着管灯一照——"河南做的假货。"师父把丁爷的话原封不动跟朋友一说，朋友傻眼了，"那什么……我看走眼了……回见吧您哪……"从此他也消失了。

还是说说丁爷年轻时候的事儿吧。丁爷虽说在玉器行，但身在曹营心在汉，没事儿就跟着金晓珊先生演堂会去。西单有露天的相声场子，丁爷还经常去义务演出，就为过瘾。那时候跟他搭档的也是玉器行的一个伙计，说话结巴。就这样一直到新中国成立，相声艺人的地位也提高了，可以和京剧名角平起平坐了，丁爷有了下海说相声的想法。

这时候丁爷认识了后来的老伴儿，也就是我们的师奶奶。师奶奶可不是一般的人物，家里是专门组织曲艺演出的，用现在的话说叫经纪公司。师奶奶是大鼓演员，唱得不错，人也能干，在西单的紫竹林茶社当上了总经理。

紫竹林茶社是专门演曲艺的园子，当时北京市市长都亲自去那儿视察过，师奶奶当初可谓风光一时。丁爷近水楼台，就在师奶奶的茶园演出。

丁爷虽说从小就跟金晓珊先生学艺，但是金先生是票友，在相声行没有真正的师承。金先生在曲艺圈儿的辈分很高，当时的名艺人张寿臣、常连安都是他的晚辈，丁爷要真是金先生的学生，比侯宝林还大一辈，谁承认呀？所以丁爷那阵儿挺难，上北京曲艺团听相声去，人家都不让他进。得求他的朋友、相声老演员李福增给偷着带他到后台，躲到一个没人的地方听，跟做贼似的。

师奶奶不是好惹的，"你们不让丁玉鹏上你们那儿，我的园子也不让你们进！"有一回北京曲艺团的老艺术家王世臣先生到紫竹林串门儿，师奶奶愣叫看门儿的几个小伙子把王先生轰了出去。

后来丁爷就正式拜了王长友先生为师，跟赵振铎先生成了师兄弟。丁爷比赵振铎先生大十岁，但是入门儿晚呀，所以得管赵振铎叫师哥。曲艺行就这么不讲理，不管你岁数多大，按入门早晚和师承辈分来。这人八十岁了，辈分小，这孩子十岁，辈分大，八十岁的也得管十岁的叫师叔。

丁爷跟我说过，他会的老段子大部分是跟金晓珊先生学的，没跟王长友先生学过段子。但是王长友先生带着他到济南、沈阳的相声大会闯荡了几年，让他增长了见识，开阔了眼界，也听会了不少节目。

丁爷回到北京，正赶上组建西城区青年曲艺队，丁爷就成了区属集体所有制团体的演员。那时候青年曲艺队常年在西单商场曲艺厅演出，从下午演到晚上，进门儿的时候给你张票，写上入场时间；出门儿的时候再计算你听了几个小时，计时收费。

虽然叫青年曲艺团，但是老艺人挺多，丁爷是年轻一辈，总受欺负，老演员一看园子里观众不多了，就派丁爷上去说单口相声，拖延时间，他们出去吃饭。这下反倒让丁爷长了本事，积累了大量的单口段子。

现在的年轻人新到一个单位，同事让你多干点儿活儿，别以为是坏事儿。

"文化大革命"一来，丁爷可就受罪了。他在玉器行的时候，也做过日本人的生意，结果被打成了"日伪特务"。谁揭发的呢？肯定是他们团的老艺人了，外行人也不了解情况呀。平常有矛盾了，就借着这个机会公报私仇。

"文革"当中丁爷可没少挨打。曲艺界有那么一段故事，叫作"打死丁玉鹏，吓死席相远"。造反派在屋里打丁玉鹏，他的搭档席相远在门口儿看。席相远也是旗人，新中国成立前家里挺有钱，成分也不好。他琢磨着："一会儿也得这么打我，我哪儿受得了呀！"

他走到紫竹院公园旁边的小河沟，跳河自尽了。其实那河水也就齐腰深，往里一站就淹不死。但是习相远一心想死，没往里站。挨打的丁玉鹏反倒活了过来，就是腰部被打伤了，后半辈子腰直不了，总是向后仰着。

后来丁爷一家老小被赶到农村，当了十年农民，让一个演员整天守着田间地头，跟大粪、麦苗打交道。丁爷的老伴儿那是曲艺园子班主出身，哪儿会干活呀？所有农活都得丁爷一个人承包。

后来他们的儿子大了，能帮把手啦。儿子学习不错，后来还当上了大队的会计，丁爷肩上的担子才轻了点儿。一家人的适应能力挺强，走一步说一步。到了"文革"后期，一家四口（还有个女儿）在农村的小日子，已经过得有滋有味了。

"文革"结束，丁爷落实政策，一家四口回到北京。过去的房子早就让别人占了，他们只能暂时住在丰台。青年曲艺队在西单的剧场已经没有了，改在前门大栅栏演出。丁爷每天上班要从丰台走到前门，太远了，单位又在德内大街给他们找了间小平房，一家四口儿挤在十几平方米的房子里。后来儿子、闺女相继结婚搬了出去，老两口儿住得才算宽敞点儿。

老艺人脾气秉性各异，有人很仗义，有人挺抠门儿，有人很大度，也有人嫉妒心极强。还有一些老艺人有个坏毛病，你演火了嫉妒你，你演砸了挤对你。丁爷的演出挺火，也遭到了某些同行的排挤，所以丁爷在青年曲艺队也不是很开心。

20世纪80年代初期，青年曲艺队解散，丁爷提前退休。师奶奶没有退休工资，孩子们也帮不上忙，老两口儿指着丁爷那点儿退休金生活，日子过得很清贫。

我接触过几位老艺人，年轻的时候挺火，但是晚年也不富裕。因为当初挣钱容易，出手也大方，今朝有酒今朝醉，不攒钱，也不会理财。晚年就剩一间空屋子，几样旧家具。我觉着这样儿也挺好，无牵无挂。

丁爷晚年也挺穷，他可不是年轻时候挥霍的，他这辈子根本没钱可攒。

新街口有个鼓曲票房，丁爷耐不住寂寞，经常去票房唱两嗓子单弦。李苦禅大师的公子——画家李燕先生热心宣传老北京的曲艺，帮电视台拍摄票房的专题片的时候认识了丁先生。跟丁先生一聊，可把李燕先生惊呆了，"老先生肚子里的东西太多啦！"

李燕先生找到电视台的导演武宝智，在票房里给丁爷录制了二十多段传统相声，有单口儿，有对口儿，过春节的时候在北京电视台播出。这下认识丁爷的人又多了，附近的街坊邻居们才知道，"敢情我们胡同还住着位相声演员哪！"

我在师爷赵振铎家喝酒，电视正好播丁爷的段子，师爷把嘴一撇，"会的倒是不少，哪段儿都不精！"赵振铎先生多大名望呀，能看得上丁爷吗？但是对于我们来讲，丁爷就是一个相声曲库！

我和丁爷的快乐时光

丁爷跟我师爷赵振铎是亲师兄弟，是我师父的师叔，我也叫师爷。您听着乱吧？传统艺术就这样儿，从艺人员之间都是圈儿套圈儿的关系。

1994年，我跟付强从部队复员回北京。师父觉得我们传统相声的根基太差，师爷赵振铎先生已经查出癌症了，又教不了我们，而师父本人演出忙，也没时间。他觉着丁爷会的老节目很多，就让我们到丁爷家学传统相声。

我师父这也是从自己身上取得的经验，他当初学相声，主要就是跟他的师爷王长友先生学的。跟师爷学节目有好处：第一，师爷上岁数之后不怎么演出了，有时间。第二，老年人没什么火气，有耐心。第三，他们生怕有朝一日把自己会的东西都带走了，所以玩儿命地教，毫无保留，不遗余力。

可能读者还在琢磨呢，"丁玉鹏到底说过哪段儿呀？"估计您一段也没听过，老人所在的是区曲艺团，上电视、上广播的机会很少,而且他们团八几年就解散了,老人一直在家待着,您上哪儿听他的节目呀?

要说起来,老人还真算不上有名的曲艺演员。跟同时代那些大师比起来,他也算不上表演艺术家,因为那个年代说相声的能人太多。曲艺界、戏曲界都是这样,有不少被埋没的人才。出名的必定有能耐,即便台上看着差点儿,那他台下某方面必定是高人,要不然他也出不了名儿。没出名的不一定没能耐,没赶上机会,或者让自己的脾气秉性给耽误了。

有时候自己也总埋怨,"谁谁谁还不如我呢,钱怎么都让他挣了?"转念一想,也有很多比我能耐大得多的人,一辈子默默无闻。

第一次接触丁爷是1984年,丁爷在地坛庙会上演出。那时候我还小,没聊几句。后来我师父让我跟付强到丁爷家学艺,我们按照地址找到丁爷家,进屋一瞧,生活条件太差了。一间小黑屋,前边接出间小厨房,后窗户让街坊的厨房遮住了,前后见不着阳光。屋里连靠背椅子都没有,丁爷跟老伴儿一人一张单人床,俩人都在床上坐着。我们俩去了,只能一人一个小马扎坐着。

一聊起相声,我们就忘记了屋里的简陋。丁爷会的段子很多,如数家珍,把我们带到了广阔的艺术世界。连着七八年,我们每个星期都去丁爷家一两次。丁爷终于为自己的艺术找到了继承人,他人生最后那些年,脑子想得最多的就是教我们相声。

丁爷教得极其认真，每次示范绝不点到为止，而是站起来，跟台上演出的调门儿一样，一板一眼地给我们示范一遍。师奶奶也是圈儿里人，也盼着我们多学点儿东西。丁爷一跟我们聊闲片儿，师奶奶就说："赶紧说活儿！"

有时候在丁爷家上完了课，我们会跟丁爷到附近的小饭馆吃顿饭。师奶奶的腿脚不好，要是上二楼的话，我得给她背上去。老两口儿平常吃得太素，亏嘴，所以一到饭馆吃饭就饭量大，吃得香。

那时候上电视的机会不多。我们俩偶尔上回电视，丁爷就跟自己上电视一样高兴。叫上住得近的闺女一家，聚到小屋中看我们的表演。我们那时候的表演很不成熟，但那是丁爷手把手教出来的，他认为只有优点，没有缺点，夸起来没完。

我们还带着丁爷上过一回山东卫视的《欢乐一家亲》，丁爷说了一个小段。那是丁爷晚年唯一一次参加节目。去的时候不知道动车有卧铺，我们是坐着去的山东。丁爷丝毫没觉着累，一路上非常兴奋。

后来我们的演出渐渐多起来，去丁爷家学习的次数逐渐减少，丁爷总是打电话催："赶紧过来呀，我又把什么什么段子整理出来了，你们演出能用。"那时已经变成他求着我们学了。

每次我们去了，丁爷早就沏好了茶等着我们。刚到小院门口，就听见丁爷说段子的声音，他正在预习要教给我们的节目呢。

逢年过节的时候，丁爷会在家准备几个小菜，留我们吃顿饭。菜极其简单，有自己腌制的芥末墩儿，有他下放时生产队的老乡送给他的咯吱盒，还有他熏的肉和鸡蛋。主食是丁爷自己蒸的馒头，他还保留着老北京的习俗，腊月蒸出好多馒头，搁在门口缸里冻着，能吃到正月十五。

我们在自由市场给丁爷和他老伴儿买了中式的棉袄，颜色挺鲜艳，老两口儿那天都给穿上了。窗户上贴着窗花，屋里挂着拉花儿，虽然屋子简陋，但是年味儿很浓。如今过年都上饭店吃大餐，除了人多、菜品质量下降，已经感受不到什么年味了。

丁爷做的熏肉、熏鸡蛋是一绝，用松树的锯末在铁锅里熏，每回吃完都让我们俩给师父带走一包。可惜没把丁爷做熏肉、熏鸡蛋的手艺继承下来，丁爷去世之后，我再也没吃过这么好吃的熏货了。

"洋教头"丁广泉

丁广泉老师经常跟外国人一起表演相声，被称为"洋教头"。

我们是在劳动人民文化宫相识的。那年我十几岁，在文化宫小剧场的舞台上表演了一段相声，叫《今晚七点钟开始》。当时台下就座的，有我的师爷赵振铎先生以及后来辅导过我创作的相声作家王存立老师、王增贤老师，这三位现在都已成为故人了。

我当时模仿的是马三立先生的风格，由于岁数小招人喜欢，被称为"小马三立"。王存立先生是马三立先生的学生，还曾经带着我拜见过马老。

演出结束下台，相声演员史志坚把我拉到了丁广泉老师的面前。"认识吗？"那时候丁广泉老师的电视相声剧《破财招灾》刚在央视播完，丁老师势头正旺，我连连鞠躬："认识认识，丁老师。"史志坚说："丁老师特别喜欢你的表演，快留个丁老师的地址吧。"

介绍我认识丁老师的史志坚，是个非常不错的青年相声演员，后来还在全国电视相声大赛上拿过业余组二等奖。可惜英年早逝，拔牙的时候心脏病发作走了，您说多可惜。

从那开始，我就隔一天到丁老师家去一趟，跟丁老师系统地学习相声。丁老师不仅不收学费，我还能享受一顿免费的美味午餐。

丁老师父母都是牛街的回民，他的父辈经营小吃生意，所以丁老师的厨艺非常好，做的爆肚儿、门钉肉饼香气四溢，让人念念不忘。

我每天上午学完段子，中午就坐在丁老师家不大的客厅里吃饭。丁老师喜欢喝酒，但是喝得不多。他拿小酒杯喝着酒，跟我们聊着天，让我度过了一段美好的时光。

丁老师是个很会生活的人，家中常年腌着各种小菜，下酒、下饭都非常合适。他的手艺不仅能应付一日三餐，操办个酒席也没问题。他是侯宝林先生的弟子，那时候还不兴上饭馆吃饭，侯先生每回过生日，都是丁老师掌勺。去侯先生家吃饭的可都是真正的吃主儿,能把这帮人伺候美了,可见丁老师的厨艺精湛。

丁老师的手特别巧,他家的家具都是他自己打的。侯耀文老师结婚时的很多家具也都出自丁老师之手。

丁老师特别注重相声创作,那时候就要求我演自己创作的段子。后来我做了十年编剧,现在演的段子不少是原创,这都得益于丁老师的教诲,让我受益终身。

丁老师不但教我学艺,而且为我的前途操心。那时候他承包了煤矿文工团的曲艺队,让我做了曲艺队的学员,跟着曲艺队四处演出,增长舞台经验。但是他又不愿意让我过早地放弃学业,所以亲自找到学校协商,给我保留学籍。

我记得清清楚楚,那年冬天刮着挺大的风,丁老师跟我一起从北城和平里他的住所,骑自行车来到了南城我们学校,跟老师拍着胸脯保证:"孩子交给我您就放心吧,保证让他有出息。"

名人来到学校,轰动一时,老师能不给面子吗?学校破天荒地决定我这个学生可以不按时到校,不参加期中、期末的考试,只要结业考试能过关,就发给毕业证。

从学校出来,丁老师又来到我们家,跟我的父母见了面。父母从来没见过这么有名气的人,显得很紧张。丁老师为了缓解气氛,自己从酒柜里拿出一瓶"菊花白"酒,"就喝这个吧。"家里准备的菜非常简单,丁老师是个美食家,肯定吃得不解馋。但是他做出一副非常爱吃的样子,为的是让我父母开心。

从那之后，我就可以每天安心地跟丁老师学相声了。坚持了半年多，后来丁老师的相声队解散了，我又得上外面找饭辙去了，跟丁老师见面的机会也就少了。

前两年丁老师去世，生前遗嘱，不举办追悼会，遗体捐献医学机构，造福后人。

丁老师是个明白人，活得明白！

刘氏兄弟

提起刘洪溪这个名字，估计连相声爱好者都感觉陌生。因为身体的缘故，他已经退出江湖二十多年了。当年从事相声行业的时间也不长，大概四五年，其他时间都活跃在业余文艺舞台上。

他今年七十六岁，曾经是一位非常优秀的捧哏演员。其相声技艺跟现在许多著名老艺术家比起来，绝对不在话下。为什么没成名呢？命呗。

刘洪溪出生于北京天桥的艺人家庭，父亲刘醒民是天桥醒民京剧团的创始人，一个人能同时演奏多种乐器。母亲是中国最早的京剧女花脸，唱金派。

刘洪溪老师从小受家庭熏陶，酷爱相声艺术。十几岁的时候，拉洋片艺人大金牙劝他在天桥从事专业演出，但是他生性追求稳妥，觉得挣死工资更踏实。于是他考入北京电子管厂当了工人，业余时间就到文化宫演出。

后来成立了燕京曲艺团，他和弟弟刘洪沂一起加入，随团到全国各地演出，场面非常火爆，谁都不愿意在他们后面演。因为他们的节目太火爆,在他们后边演,要是节目质量差点儿,观众真不买账。

好景不长,没过几年,燕京曲艺团解散,兄弟二人也各奔东西。弟弟刘洪沂在相声界继续打拼,各处演出,后来落到了北京曲艺团,在首届电视相声大奖赛上获得二等奖。哥哥刘洪溪考虑的是家里有两个孩子需要抚养,没固定收入不行,于是就回到电子管厂继续当工人。

以刘洪溪老师的艺术造诣,如果跟弟弟刘洪沂一起四处演出,一起参加比赛,肯定也能得奖。最后一起进北京曲艺团,也能成为著名的专业相声演员。但是他选择了去工厂,结果只能等到第二年参加业余相声大赛,虽说作品很好,也得了奖,影响可就小多了。

丁广泉老师的相声队解散之后,我四处寻找演出机会。当时的崇文文化馆有个曲艺队,经常到京郊各地商演,我就参加了这个曲艺队。

刘洪溪老师也在这儿演出,那时候他和一个叫梁宝奇的业余演员表演双簧。

梁宝奇是电子管厂的工人,也是曲艺爱好者。前两年听说梁宝奇遭遇车祸,被外国人骑摩托车撞倒身亡。据说去世前两天,有人请他参加演出,他说了:"我演出干吗?我孩子都上班了,以后用不着钱啦!"这句话真应验了,几天之后他真用不着钱了。

那时候刘洪溪老师才四十多岁,就提前退休了。说起这提前退休,那是他做的唯一一次大胆的抉择。他得了业余二等奖之后,和单位请假,跟着保定一个草台班子演了一个月。挣了几千块钱,人家拿他们当明星似的捧着,感觉挺滋润。

刘洪溪一想:"这比上班挣得多多啦!我这辈子就因为优柔寡断失去了不少机会,这次一定得当机立断。"他痛痛快快地跟单位辞了职,准备跟着这个团大干几年。没想到等他辞职了,这个团也解散了,他跟梁宝奇两个人,又被搁在旱岸上了。

我喜欢刘洪溪老师和梁宝奇老师表演的双簧。那时候的相声演员都比较保守,像双簧这种绝活儿,是不肯轻易传授给别人的。但是刘洪溪老师很开明,把我叫到他们家,一招一式地教我。

刘洪溪老师在天桥长大,经常看双簧艺术家"大狗熊"的表演,所以他教的双簧挺正宗。后来我跟付强去南方演出,语言沟通有障碍的时候,就拿出双簧来应付,场场火爆,我们也赚了不少钱。

刘洪溪老师家道小康,夫人、女儿人也都挺好,每次我去学相声,他们都留我吃饭。刘老师做炸酱面一绝,不仅酱炸得好,放的菜码也齐全。他经过研究考证,说能够做菜码的菜一共有一百零八种。当然了,每回就选其中的几种,都凑齐了人就撑死了。

越是没干这行的越是爱这行,我到刘洪溪老师家,他跟我聊的都是相声。就在花家地他那间不大的屋子里,一聊就是一天。在他们家吃两顿饭,等走的时候天已经黑了。那时候我对相声也是特别着迷,所以那间小屋成了我的精神家园。

刘老师还经常四处搜罗好的相声录音,带我一起欣赏。别瞧他说了那么多年相声,还是特别爱乐,听到精彩的包袱,乐得都直不起腰来。

刘老师挂在嘴边的话就是:"有屁股不愁挨打,一定要多上节目。"有段相声叫《望子成龙》,他认为非常适合我表演。那是一九八几年,网络还不发达,必须得找着纸质的剧本。他回忆起某人曾经演过这个段子,就骑车一个多小时找到人家里。那个人也是好几年前演过这个节目,剧本不知道收哪儿啦。他就逼着人家翻箱倒柜,最后终于找到了,纸都发黄了,剧本已经破旧不堪了。

刘老师如获至宝,又骑车赶到我家,把剧本交给我。然后他就一直督促我上这个节目说这个段子,还叫我到他家去帮着我排练。

刘洪溪老师是个很容易满足的人。有一次我们一起到京郊演出,白天没事儿我上镇子闲逛,看到刘洪溪老师坐在路边乐得合不拢嘴。我问他:"您乐什么呀?"他举起一把鞋刷子:"这卖得比酒仙桥商场还便宜三分钱!"

有一次我们跟着崇文曲艺队到京郊演出,午休的时候刘老师在剧场外睡觉,结果中风,半身不遂了。那年他还不到五十岁,只能忍痛告别舞台。

一个酷爱相声的人说话不利索了,这是多么大的打击呀！我们每次去家中探望，他一肚子话说不出来，只是掉眼泪。后来我们就不敢去了，怕他伤心。

刘洪溪老师知道自己是业余演员，我总跟着他不会有什么发展，又把我介绍给了他的弟弟，著名相声演员刘洪沂。

刘洪沂老师有教徒弟的瘾，做起示范来毫不惜力，累得四脖子汗流。我要是学不会他真着急，扯着脖子跟我喊。他是急脾气，恨不得把一肚子的本事一下都教给学生，这可就苦了学生，只要到了他家，就别想待着，除了吃饭就是排练。

刘洪沂老师的爱人以前是杂技团的演员，岁数大了退休在家，除了做饭就是打麻将。她这个人刀子嘴豆腐心，我们第一次到刘老师家的时候，她关着门在厨房做饭，我们走的时候没跟她打招呼，这下可给她惹急了，跟刘洪沂老师吵了好几天。

刘洪沂老师偷着给我们支着儿，让我们跟她说了几句软话，这下她没脾气了，提着筐下楼。不一会儿提上一大包羊肉片来，说要给大家改善伙食，吃涮羊肉。

刘洪沂老师的爱人比他还护着学生。有一次我跟他们两口子上长安商场，赶上服务员态度恶劣，我跟人吵了起来。从商场出来，他爱人跟他说："孩子吵架，你也不帮忙？"

刘洪沂老师解释："我脸熟，人家都认识我。"这下把他爱人惹火了："熟个茄子！你站这儿让大伙看看，你们谁认识他？"

刘老师的爱人在杂技团也是有名的心直口快，她要犯起脾气来，敢堵着团长办公室骂街。刘洪沂老师要是惹了她，甭管当着谁的面，她一点儿面子也不留。刘老师要是敢还嘴，她就敢动手。她练过踢毽子，脚底功夫极好，一抬腿刘老师就得趴下。

别瞧她脾气冲，但是人要多好有多好。每次我们这些学生去她家里，她都忙前忙后地，做可口的饭菜给学生吃。

刘老师看我跟付强一直在社会上漂着，替我们着急。那会儿正赶上国防科委成立演出队，刘老师托关系找路子，又帮着我们排练考试的节目。他的女儿当时已经是演出队的演员了，他就让女儿带着我们去考试。

后来，我们终于成为"业余专干"的演员了。

刘老师是我生命中的一大贵人，没有他帮忙，我不知道还要在社会上漂多久。也许为了生计，我就彻底放弃了相声，做了一名工人。我能靠着说相声买车买房，全靠刘老师对我的提携和帮助。

如今刘洪沂老师的老伴儿去世了，他又结婚了，新老伴儿照顾他很周到。我们晚辈看着也高兴，有时悲悲切切地怀念故人，不如高高兴兴地活在当下。

前前女友

说说我的前前女友。其实用两个"前"都少了，她是我在部队宣传队认识的。

三十年过去了。

说说她的故事没关系，她不会看到这本书的。

因为她早就疯了。

部队演出队的生活清苦而快乐，就跟出家差不多，世间的种种烦恼基本骚扰不了我们。哥们儿在一起打打闹闹，还有女孩子在旁边嘻嘻哈哈。部队不允许男兵跟女兵搞对象，可和尚都免不了犯戒，何况俗人？

这天集合，团长身后跟了个女孩儿。演出队不乏漂亮姑娘，都是浓妆艳抹型的。这个女孩儿很清纯，有点儿像章子怡。也许我在心中把她美化了，她肯定没有章子怡那么好看，要不然就被张艺谋挑走拍戏去了。

她梳着齐眉的刘海，军装号大了，套在身上晃晃荡荡的。满脸的羞涩和紧张，低垂着眼睛，不敢看我们。队长介绍，"这是咱们团新来的二胡演员，叫'霞'。"

我马上想到了天边的云。那时候空气质量好，能看到云外边的青山，隐隐约约还能看到山上的房子。我想，山的那边肯定有座宁静的小城，城里有条青石板的小街，小街上有个深深的院落，那就是"霞"的家。

第一次见面，心就跟着她跑了，这可能就叫一见钟情吧。以后每次演出队集会，还有早、中、晚三次到饭堂吃饭，我的眼神都不由自主地往她那儿瞟。

平常我利用一切机会向她靠拢。她在宿舍练二胡，我会凑过去，"嘿，会拉《九百九十九朵玫瑰》吗？"她刚来部队有点儿认生，羞涩地笑一下，就拉了起来。那是当年流行的一首歌曲，经她用二胡演奏出来，别有韵味，听着令人神清气爽。

她去街上买东西，我会跟出去，陪着她逛南口的商场。

她人生地不熟的,有了我这个向导,自然方便很多。我喋喋不休地展示自己的幽默和口才,她的话不多,会开心地笑一下,算是对我的赞许。

慢慢地,我发现在饭堂吃饭的时候,她的眼神也经常往我这边扫。我当时长得还不像现在这么"喜剧",甚至被公认为是演出队的"第二美男",她对我也产生了好感。

时机成熟,我就开始暗送情书。我们那时候的年轻人,流行看美文、情诗之类的东西,我那岁数又是情感丰富的时候,写的东西自我感觉不错。还记得我写给她的一首小诗——

凌晨
乱糟糟的站台
终于发现了你
正匆忙地向每个窗口张望

列车缓缓开动
我的泪夺眶而出
感谢你
在我无可奈何地来到这陌生世界时
以无限柔情与抚爱
温暖了一颗孤寂的心

列车飞奔……

我的这些情书打动了她,她终于答应跟我单独约会了。

演出队不让战士谈恋爱,我不怕被发现,但是她害怕。她家长费了挺大劲儿,才把她从那座小城市弄到北京的演出队来,她太害怕让部队轰回去了。所以我们每次的约会都是地下活动。

我们每周有一天到市里上课的时间,这一天就是我们的二人世界。为了掩人耳目,我们俩单独行动,各自坐火车到了市里,再到约定好的地方汇合。

白天我们家没人,我俩会到楼下的自由市场买点儿熟食、小菜、包子之类的,到家里改善伙食,我还会喝口小酒……

然后我就带着她在北京城闲逛。她第一次离开老家那个县级市,对北京城感觉很新鲜。我对北京城熟得不能再熟了,带着她去后海划船,去石景山游乐场坐过山车,去动物园批发市场淘衣服……

好景不长,半年之后,我去了南京前线歌舞团。她因为身体的原因,提前复员回了老家,我们只能书信往来。

现在的人很少写信了,视频聊天多直接。但我认为,写信别有一番情调,信中的二人世界,像散文诗一样美丽。

那时候我一个人在南京,什么朋友都没有。每天最快乐的时光,就是到街头的长途电话摊儿跟她通电话聊天。在电话里聊天,比面对面聊,距离心灵更近。

听她聊着她每天发生的故事——去同学的摊位帮着同学卖衣服,到街头的照相馆照艺术照,拽着家里的大狗逛街……

我的心又飞向山那边的小城，沿着小城的石板路，去找寻"霞"的家……

我离不开北京的卤煮火烧跟爆肚儿，离不开二锅头。在南京忍了半年，终于下决心放弃了干部的身份，复员回了北京，到了燕山石化艺术团。

"霞"把她新拍的艺术照夹在信封里寄到团里。团里的孩子们出于好奇，拆开信封看了照片儿，他们都羡慕我找了个漂亮女友。

她终于耐不住思念，从老家追到了北京。这下问题来了，父母不愿意让我找个外地的女友。姐姐一家住在父母家里，也确实没地方让她住。我在燕山石化艺术团住的是单身宿舍，也不可能带家属。我刚从部队转业，手头又没钱租房。

她就在我家附近，和一个女孩合租了一间地下室。每天晚上到一家中餐馆拉二胡伴宴，挣钱养活自己。

我家在北四环，单位在房山，回趟家得好几个小时。我每周往家跑两趟，回来跟她团聚。她室友不在的时候，我就在她的出租房里听她拉二胡。我的水平有限，欣赏不了《赛马》之类的曲子，就让她把当时流行的歌曲拉给我听。

她的室友要是在，我待在出租房就不合适了。我们俩就在街上闲逛，一直遛到天黑两个人都困得睁不开眼睛了，再各自回家。

后来她拉二胡的那家餐厅停业，她没有了收入，又去塘沽演出了一段时间。她不让我过去看她，我隐隐约约感觉那不是正规的演出场所，当然了，她在里边就是拉二胡。

后来就出事儿了。有一天她回到北京的出租房，发现合租的女孩带男朋友来住了。因此，两个人发生了冲突动起手来了，合租的女孩儿一刀扎向她，她用手抓住水果刀……之后，她再也拉不了二胡了。

"霞"的妈妈是当地有头有脸的人，开着车来到北京接她回去。看到手上缠着纱布的"霞"，还有满脸愧疚的我，她妈妈什么也没说，含泪帮她收拾行囊，放进车里。"霞"两眼发直，呆呆地看着母亲忙碌。

望着车子远去，我什么话也说不出来。"霞"来投奔我，我没照顾好她，已经没有脸向她母亲说一个字了。我知道她妈妈肯定恨死我了，已经无力骂我了。

后来，我鼓足勇气给她家打过几个电话，接电话的都是她家人，她的家人冷冷地告诉我："她精神状况不好，你不要再打扰她了。"

我给她写过几封信，都石沉大海。

终于有一次拨通了电话，话筒那头是"霞"的声音。我激动不已，诉说着离别的思念。但是我发现电话那边的"霞"说话前言不搭后语，还"呵呵"地傻笑。我心想，她肯定是不想搭理我了，想用这种方法摆脱我的骚扰。

从此，我就再也没给她打过电话。

后来，我又交了新的女友。

这段时间，我跟着廉春明老师一起写电视剧剧本，终于挣钱买了房子。我总在想，这时候"霞"要是在身边该多好，她就不用住地下室了。

有一年初春，我跟廉春明老师给北京台"3·15"晚会写段子，住在翠微宾馆。我突然接到"霞"妈妈的电话，说"霞"要来北京看我。我心里激动得不行，当时我就产生了一个很不厚道的念头："跟当时的女友分手，把'霞'娶过来。"

她母亲接下来的话，让我的这个念头瞬间破灭了："她因为手指受伤之后，拉不了二胡受了刺激，精神出了问题。她想见见你，医生说这或许对她心情的好转有帮助。"

我惊呆了！"霞"疯啦？山那边宁静的小城里，那个拉二胡的清纯女孩儿，她疯啦？

我欲哭无泪，独自在屋里愣了多半天，脑子里想的都是我曾经跟"霞"在一起的情景。

我独自沿着长安街向西山的方向走，走了很远很远，我想走到山的那边，去"霞"的家坐坐。

她妈妈来电话了，说"霞"在楼下。我在酒店大堂转悠了好几圈儿，也没找到。她妈妈不愿意见我，独自待在酒店门口。我找到她，"霞在哪儿？"她指给我看。

我惊呆了。

一个胖胖的中年妇女，两眼发呆，手里捧着一杯饮料，憨憨地傻笑着。

"为了治病，她吃了激素类的药，所以胖了几十斤，希望你能接受。"

"霞"看到我，没有惊喜，没有抱怨，也没有多余的话，只是傻笑。

她在我房间住了一晚。我听着她发出的沉沉的鼾声,心凉到了极点。我感觉身边躺着的,是从来不认识的人。我不敢碰她,也不想碰她。我后悔见她,我极力想忘掉我们俩的这一次见面。

我心中的"霞",永远地住在山那边的小城里,住在石板路旁的小院中。

我心中的"霞",永远是那个害羞的、拘谨的、清纯的女孩儿。

我心中的"霞",已经被黑夜笼罩了。

寻找故乡

我生在北京,长在北京,现在还住在北京,但在我的心里我的故乡不是北京。我的故乡是西直门外北下关娘娘庙胡同。

西直门外北下关娘娘庙胡同不就是在北京吗?

不是。它是在20世纪七八十年代的北京,不是现在的北京。现在的北京跟七八十年代的北京,已经完全是两种感觉了。

外地来的北漂,思念家乡了,可以买张火车票回去看看。我这个北京本地人,思念我的故乡西直门外北下关娘娘庙胡同了,到哪里去找寻它的影子呢?

如今它被推平,变成了高楼大厦。下面也被掏空了,变成了西直门地铁总站。

我的故乡,从地面到地下,都没有了。

想抓一把故乡的土都抓不到,全是洋灰、柏油、钢筋。

虽然身在北京,其实我是个客居他乡的游子。满目的高楼大厦、餐厅酒吧,还有拥堵的道路,让我找不到一点儿乡情。

现在北京的胡同,保留得最完整、最集中的,就是后海一带,于是我到后海的胡同里去找寻故乡的影子。

坐着写有"胡同游"的三轮车像幽灵似的在胡同里穿来穿去，倾听穿着红坎肩的车夫，用带有外乡口音的北京土语，向我这个土生土长的北京人介绍着北京的胡同。

我想跟他说，"我就是北京人，不用你介绍。"话刚要出口又收回来了，他介绍的那些老北京胡同的趣闻传说，我听着还真挺新鲜。

不识庐山真面目，只缘身在此山中。那时候就生在胡同长在胡同，谁还有那份闲心关注它有什么典故呢？

北京的胡同已经没有我的故乡的影子，它只是一处旅游景点而已。

要想寻找我的故乡，只能从记忆里面去找了。

西直门和娘娘庙

让我们的记忆回到五十三年前的北京。

1969年，国家拆除了西直门城楼。这一举动引来很多文人学者、有识之士的惋惜之声，梁思成先生因此痛哭流涕。

那是珍贵的文物，是无价之宝，是北京城的标记。眼看着城楼被一镐一镐地拆除，变成了一堆废砖烂瓦，能不伤心吗？

假如当初听了梁思成先生的建议，保留下这些老城墙，晚上坐在城内四合院里的葡萄架下，透过城墙上的蓬蓬衰草，仰望城外彩灯闪烁的高楼大厦，那得是什么情调呀？

说什么都晚了，雄伟的城墙已经变成了废砖烂瓦！

城墙一拆，老北京的风土人情随风飘散。年轻一代的北京人也喜欢穿个中式褂子，手里盘着俩核桃，上潘家园溜达两圈儿，再上小剧场听几段传统相声。但是他们当中的大多数，跟老北京人是两码事儿，是既不新也不老的"夹生"北京人。

在我看来，西直门的城墙一拆，北京城几百年积累下来的底蕴也给"拆"了。如今的北京，有历史没文化，只剩下一个故宫，每天迎接着大量人流，排着队前门儿进后门儿出，仿佛向遗体告别似的转一圈儿，就算领略了博大精深的皇家文化。

痛心疾首半天，其实拆城楼的时候还没我呢！拆掉西直门城楼的第二年，也就是1970年，我才出生。

西直门往北一里地有个碧霞元君庙，碧霞元君就是泰山老母，也就是老百姓所说的送子娘娘。所以老百姓管那座庙叫娘娘庙，挨着它的那条胡同就叫娘娘庙胡同。娘娘庙正殿的后墙外边有一排平房，我就出生在其中的一间房子里。

我出生的时候庙里的塑像全都被推倒了，为的是破除封建迷信。人家才不管什么文物不文物呢，那么大的西直门城楼子都拆了，一座小小的娘娘庙算什么呀？

据说慈禧老佛爷信奉佛教，而娘娘庙是道观。老佛爷去颐和园必经此处，大臣们担心她看见道观心里堵得慌，就在娘娘庙前头修了座影壁，挡住老佛爷的视线。

后来修建西直门地铁总站，推平了娘娘庙胡同，捎带手把没有塑像的大殿也给拆了。附近的街坊们都就地上楼，分到了住房。送子娘娘最惨,连个独居都没分着,因为她老人家没有户口。

凡夫俗子们感觉对不起她老人家,又重修了娘娘庙,地址就在我们胡同居民就地上楼的那个小区把口儿。小区的居民有意见了,在家门口儿弄个庙,烟熏火燎的多闹得慌呀?所以娘娘庙是修好了,塑像也立起来了,就是一直紧锁大门,没有烟火。

等到什么时候娘娘庙允许烧香了,我一定给她老人家敬三炷香,供点儿灯油。我就出生在大殿后墙外,肯定是送子娘娘送来的。

拆掉西直门城楼的第二年,我降临在人世。我这人闲得没事儿的时候爱编故事,于是在脑子里就编开了——拆掉西直门跟我的出生之所以在前后脚发生,这里头是有原因的。

我猜想,我跟白蛇、孙悟空一样,千年修炼成精。刘伯温修建北京城的时候,怕我祸害一方,把我压在了西直门城楼子下面。就这样压了八百年,到了1969年,正赶上"动乱"时期,神仙们一瞧,"老百姓的日子过得太苦了,应该有个人说笑话逗大伙开开心。"这才发了慈悲心,让人们拆掉西直门城楼子,把我放了出来。

如此说来,我不光要感谢送子娘娘,还要感谢那些拆掉城楼子的城建工人。

北下关食堂与小卖部

过高粱桥不远,这条街就该往西拐了,拐过去叫北下关。拐角处有家饭馆儿,绿色的木头门窗,门上方有个木头牌子,写着"北下关食堂"。

每天中午这里格外热闹,赶马车的车把式把马车停在门口儿,让牲口吃着草料,他们到食堂来碗"洋火烧"(后来才知道,这东西学名叫"卤煮火烧"),再打三两的白酒才一毛三。吃饱喝足,晕晕乎乎地接着赶路,那种感觉简直赛过神仙。

富人有富人的享受,穷人有穷人的乐子。现在的人就算喝一万块钱一瓶的洋酒,估计也很难达到车把式们喝"一毛三"时候的快感。

胡同里富裕的人家,赶上饭口,会让孩子拿个铁锅,端上一碗"洋火烧"回来吃。其实到食堂吃更省事,但是人家要的是孩子端着铁锅走过胡同的那个过程。邻里们会投来羡慕的目光,婶子大妈们会议论,"人家那日子,过得真不错。""是呀,出去俩啦。"她们管孩子上班儿叫"出去"。

记得"文革"结束后的某一天,父亲补发了点儿工资。母亲非常高兴,给了我九分钱,让我去北下关食堂吃一碗馄饨。卖馄饨的是小明子他妈(小明子是我小时候的玩伴儿),她给我盛了满满一碗,小心翼翼地替我端到桌子上。那种味精、酱油夹杂着香菜的香味儿,现在想起来还流口水。

后来北京出现了个体户,我一个小学同学的爷爷会面案上的手艺,推一辆三轮车,在食堂门口儿卖螺丝转儿、糖火烧、糖耳朵之类的面点,抢了饭馆的生意。气得小明子他妈站在馄饨锅旁边骂:"这老家伙,又来啦!"

北下关食堂往西不远是个小铺,卖烟酒、点心之类的东西。过去的人喝酒一般喝不起瓶装的,喝酒的人家都有个酒瓶子,家长让孩子拿着瓶子到小铺打酒。

小铺的谭爷爷慢吞吞地接过酒瓶子,在瓶口儿插上漏斗,然后拿掉酒坛子上面裹着红布的盖子,用酒提子打出酒来,小心翼翼地倒进漏斗里。酒倒完了不会马上把酒提子拿开,一直等到最后一滴酒滴进瓶子里,他才满意地把酒提子放回去。

小铺还卖烟。令我印象最深的是工农烟,两毛钱一包,正好一分钱一根儿,所以可以一根儿一根儿地零卖。我们小时候学坏那会儿也抽烟,拿着一分钱去买烟。谭爷问,"给谁买的?"我一脸真诚地回答:"我舅舅来啦。"谭爷爷一边从烟盒里取出一根儿烟,一边念叨:"你妈真抠门儿,来客人就买一根儿烟。"

我心中暗笑,"这谭爷爷,老糊涂了都!"

我的故居

北下关街路北就是娘娘庙胡同,我的故居在娘娘庙胡同二号,并排五间房,我们家是最里面那间。我曾经幻想过,等我成为艺术大师之后,把那间十二平方米的小房,改成"方清平故居",跟梅兰芳故居似的,供人参观。

家具要完全按照我小时候那样摆设——

一张枣红色木床头的双人床,洗得发白的淡粉色床单。

床上靠墙有个四四方方的被窝垛，一床棉被是绿缎子被面儿，一床棉被是红缎子被面儿，这两床被子还是我父母结婚时候置办的。

被窝垛上面是个小小的窗户，我小时候常站在被窝垛上，透过后窗户，观察后院的人们在干什么。少数住平房的人有个不好的毛病，喜欢窥探别人的隐私，这些人里也包括孩子。

床边有一个高低柜，是我妈托院里的街坊全喜帮着打制的，我妈自己刷的漆。她本身就是油漆工，干这活儿挺专业。先刷个黄色的，过个一年半载的感觉不好看了，再从单位"拿"点儿红油漆，给刷成红色。

高低柜是70年代流行的家具，由一个竖柜和一个横柜组合而成。横柜有玻璃拉门儿，里头儿放着几瓶白酒，别人串门儿送的，舍不得喝，留着自己串门儿的时候再送出去。

竖柜上放着一台十二英寸黑白三洋牌电视机，外头用红丝绒布缝制的罩子盖着，丝绒布上绣着"小猫玩球"的图案。这台电视机是我上小学二年级的时候买的，四百五十块钱，家里攒了两年，还跟互助会借了钱。

那年头工厂实行互助会，一个互助组十二个人，每人每月拿出十块钱，每月就有一百二十块钱。谁有事儿就先花这钱，以后按月交钱就行。那年头的人都讲信誉，办互助会没风险。现在的人，借完钱还不还呢，谁组织互助会谁倒霉！

家里还有一张电镀腿的方桌，这是当年最时尚的家具。隔壁叔叔先买了一张这样的桌子，骑着自行车把桌子绑在身后,像凯旋的将士一样回到胡同,街坊们围上来,像参观红木家具似的参观这张桌子。

大杂院的人都有攀比心理,你们家买了,我们家没有,连吃饭都不香。没过一个月我们家也买了,跟他们家一样,我爸爸背着桌子面儿,我妈抬着桌子腿儿,骑车回来了。可惜这回没人围观了,上回看过了,不新鲜了。

桌上放个搪瓷茶盘子,里头放着大把儿的缸子,也是搪瓷的,上面印着毛主席穿绿军装的半身像。那是晾白开水用的,不论谁回来,先端起大把儿缸子"咕咚咕咚"灌一水饱儿。

那年头家里很少喝茶,买了点儿茶叶末儿,那是待客用的。街坊邻居来用不着沏茶,家里又很少来其他客人,那点儿茶叶末儿能放好几年,把鲜茶放成了陈年老茶。

桌子上放个台灯,那是我妈手工制作的。灯罩由废旧的胶卷组成,灯柱是四个玻璃酒杯,两个一组,口对口扣好,我妈求单位的电焊工在杯子底打个眼儿,中间串根铁管,铁管里能走电线。底座有点儿粗糙,就是一块儿厚钢板。

那年头人们生活节奏慢,有的是时间,很多家居用品都是DIY出来的。废旧的挂历卷成细纸管儿,剪成两寸长一截儿,中间穿上线,就是夏天防蚊的门帘子。挂历上花花绿绿的图案把门帘子装点得挺好看,在我看来不亚于慈禧太后垂帘听政用的那帘子。

还有用玻璃丝织成的杯子套。玻璃丝就是塑料线,有各种各样的颜色,能织出字来,像"吃水不忘挖井人""社会主义好"等。

我们家那电镀腿桌子挺好，但是吃饭从来不用，怕把硬塑料桌面烫花喽。有个木头做的小地桌，每人拿个小板凳，窝在那儿吃。屋外头有口大缸，常年腌着雪里蕻。窝头、棒子面粥就着雪里蕻，就是我小时候的本命食。

我的故居大概就是这样。可惜我没能成为梅兰芳那样的人物，建故居的梦想也就化作泡影了。

我在北下关生活了十一年，但是不知道为什么，我脑海里关于旧时的回忆，有百分之五十都是有关北下关的，仿佛我在那里度过了半生。

我感觉我的人生只有两个阶段——北下关时期，还有后来的这些日子。

風雨十年遊子思鄉

清平

这辈子，还可能上台吗

越冷越幽默

有定数的生活

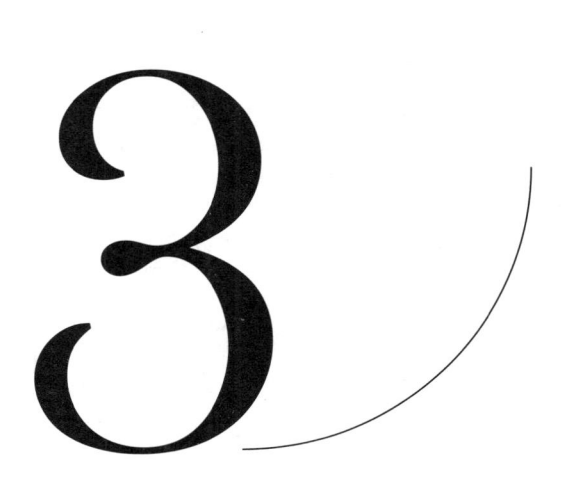

3

酒肉朋友并非一无是处，至少他们在酒桌上给你带来了快感，让你为自己拥有这么多有门路、交际广的朋友而自豪。他们口头上对你的忠诚，让你短暂地感受到了无限的温暖。那一刻你感觉自己今后的道路一定畅通无阻，一片光明。

酒肉朋友就像生活中的调味剂，给我们的生活增加了色彩。

方清平

我有酒，也有故事

在相声圈儿里提起方清平，没人夸我会说相声，也没人说我能写东西。第一句话肯定跟您说："方清平，葛着呢！"第二句话就是："方清平，那是真能喝！"人生似乎是有定数的，比如说喝酒，人这一辈子该吃多少东西，那也是有定量的。

我家里没有会喝酒的人，说相声之前我也从没参加过酒局。十六七岁的时候从学校出来，每天到丁广泉（"洋教头"）老师家学相声，跟着煤矿文工团四处演出，丁老师顿顿喝酒，我还是滴酒不沾。

快到十八岁的时候，丁老师的相声队解散了，我没地方去，天天跟着师叔李方之混。他也是"三无"人员——没工作，没收入，没老婆。

我们白天在后海一带转悠，看哪儿聚集的人比较多，师叔就用脚在地下画个圈儿，"这儿就是工人体育场"，我们便开始说相声。没人听拉倒，就当排练。听的人多了，就跟大伙儿要点饭钱。

晚上回到师叔家——大杂院里的一间十平方米的小屋。里面连正经的床都没有，用钢筋焊了两个架子，支着块床板。师叔坐在露出了海绵的沙发上，喝着二锅头，吃着煮花生，畅谈着远大的理想，"我要走穴，咱上全国各地巡演，去香港，去台湾……"

我听得兴起，端起师叔的杯子，喝了一大口。啊！我眼前出现了购票的观众，还出现了在台上连连谢幕的我……

从那儿之后，我就爱上酒了。

那年我刚满十八岁。

头一回醉

第一次喝醉是在十九岁，刚到部队业余宣传队不久。我那时候还没住过宾馆呢，住在郊区一个废弃的研究所里。四周都是庄稼地，院子里长满了蒿草。周末也不让回家，大铁门一关，挺无聊的。这要是没当兵的时候，我早四九城转悠去了。屋里也没电视机，实在想不起来当时干什么了，我就想起了酒。

从铁门翻出去，到庄稼地旁边的一个饭馆儿里买了瓶酒，是六十五度的二锅头。心里想着，花同样的钱，买度数高的划算，就买了度数最高的。

回到房间，拿出早晨起来从食堂打的小葱拌豆腐，喝了两口，感觉没劲。叫来了在部队刚交往的女友，边喝边聊，喝得有感觉了。

这之前的一年多，我一直在社会上漂泊着。打零工，摆地摊儿演出，跟着草台班子走穴，心里很迷茫，不知道这辈子还能不能靠说相声吃饭。到部队踏实了，成了国家的人，能靠说相声挣钱养活自己，心里这块石头总算落了地。再有个女孩儿陪着，越喝口儿越大。最后一口下去，直接醉倒在床上。

第一次喝醉，脑子很清醒，也没吐，就是身体不听使唤。从那次之后我总结出经验——只要酒桌上有女孩儿，一定要注意控制量，因为很容易喝高喽。

永远的南口

1990年开春，从国防科工委出来，到了南口。虽说各方面条件差了，但是活得更滋润了，因为有了几个酒友。跟我关系最好的是吴亚梦，演小品的，我们俩住上下铺。

部队大院门口有一溜儿低矮的平房（因为房子比路面低），有一间平房的窗户上吊个灯泡儿，挂个破木板子，写着"军人服务社"。其实跟部队没关系，开小卖部的人叫老包，挺会做生意。营房不让喝酒呀，你上他那儿买酒、买花生米，就可以在他屋里喝。他帮你放哨儿，有当官的过来给你使眼色。你买方便面他还帮着泡，那时候很少见桶面，都是袋装的，他给你提供饭盆儿、筷子，还免费给你提供醋。遇上老主顾，甚至给你点两滴香油。

估计老包现在已经是大老板了，因为他太有经商的头脑了。这个小卖部成了战士们的"兰桂坊"，每天晚上挤满了人。尤其是冬天的晚上，炉火正旺，喝着小酒，看着柜台上那黑白电视，感觉就是坐在现在的三里屯啦！我跟吴亚梦也是那儿的常客，今天你请我，明天我请你，那点儿可怜的津贴都进了老包的钱箱子。

赶上月初发津贴，我们屋的四个人（还有付强、胡诚）

会改善一下伙食，下回馆子。部队大院有个饭馆，也是承包给军官家属的，我们一般去那儿。每回去就固定地点四个菜：锅巴肉片、水煮肉片、鱼香肉丝、宫保鸡丁，都是又解馋、量又大、又便宜的菜。

我们俩喝酒，付强跟胡诚吃菜。我们俩发现，等我们吃主食的时候，菜已经被他们吃光了，我们只能用水煮肉片的汤泡米饭。以后再下饭馆儿，我们就不和他们一起了，只找喝酒的战友。

南口镇上有家"聚龙餐厅"，号称南口镇厨艺最好的餐厅，口碑极佳。赶上哪个战友老家寄来笔"巨款"，或者谁要调动了、复员了，就请大伙上那儿大喝一顿。那可真开了洋荤，每道菜是每道菜的味儿，肯定不醉不归。

想天天在外头吃，肯定没那么多钱。平常我们大多是在食堂吃饭的时候偷偷把饭带回宿舍（部队是不允许把饭带回宿舍的），然后喝酒。我喝多了有个保留曲目，就是躺在自己睡的上铺，模仿政委讲话。由于我模仿得惟妙惟肖，总能逗得大家哈哈大笑。

这天奇怪，我模仿了半天也没人笑。我从上铺探出头一看，吓得头大——政委就站在屋子中间。

从此，政委严查在宿舍喝酒的事，我们只能转移"战场"。营房墙外头是公路，公路旁边有个饺子馆，是专门供开大货车的司机吃饭的地方。每天我们俩端着食堂打的饭菜，带着酒到这里，再要个凉菜喝酒。

到月底津贴花光了，连凉菜都不要了，端着饭菜带着酒来，就用店里的座位。老板冲着我们直瞪眼，但是不敢发火。

有一个冬天的晚上，我跟吴亚梦正在大车店喝酒。旁边有几个开大车运石灰的民工，灰头土脸，喝得兴起。突然停电了，老板端个蜡烛出来，几个民工热烈鼓掌，其中一个又瘦又矮又脏的小老头儿用浓重的山西口音说："咱们开个烛光晚会吧。"

这句话听起来跟当时的环境以及他的身份极不匹配，我们俩乐得蹲在地上站不起来。

部队大院后边是采石场，有一回我跟团里一个跳舞的男孩到石子堆上喝酒，喝着喝着石子堆滑坡，把我埋在了里边。幸亏那个男孩及时喊人，把我救了出来，要不然我就被活埋了。

还有一次遇险是喝完酒一时兴起，爬到了部队大院的大烟囱上边。从底下看烟囱不算高，站在上边往下一看，妈呀，这么高呀，吓得我不敢下来啦！那一刻我觉着狼牙山五壮士太勇敢了，搁我肯定不敢跳。

风一吹感觉烟囱开始晃，也许是我自己的错觉。我腿都吓软了，还产生了强烈的尿意。演出队的人组成"啦啦队"，在大家的鼓励声中，我像个狗熊似的爬了下来。

去年我们拍戏又去了南口，我们吃饭的那条小街一点儿没变样，还是20世纪八九十年代我们喝酒时候的样子。透过一家饭馆的玻璃，我看到几个战士正在喝酒，他们跟当年的我们一样，穷并快乐着……

燕山酒徒

从部队复员到燕山艺术团。山沟里没什么业余生活,喝酒成了唯一的娱乐活动。我喜欢在露天喝,喝多长时间都没人轰你。

冬天在马路边吃羊肉串儿,给你个小炉子,里边放点儿炭。边吃边烤,还能取暖,还能热酒,越喝越有感觉。

有一回到濮阳油田演出,晚上跟濮阳艺术团的唢呐演员张建亚(现在在重庆开公司)露天吃羊肉串儿,喝着喝着一抬头,烤羊肉串儿的炉子不见了,换了个大铁锅,老板正在炸油条。原来已经是第二天早晨,开始卖上早点了。没关系,我们要了两根儿油条,接着喝。

夏天的燕山石化颇为热闹,到处是大排档,一摆就是几十张桌子。那儿的人们晚上没地方去,要盘煮花生、拍黄瓜,喝酒聊天。花钱不多,但很享受。

一起喝酒的都是一个艺术团的人,差不多都是半熟脸。经常是喝着喝着,老板端一扎啤酒过来,"那桌给你点的。"你再要个菜给那桌送过去,就为增加点儿气氛。

像我们喝白酒的,一次喝不完,跟老板要支笔,在酒瓶上写好自己的名字,下回来接着喝。如果到的这家饭馆儿自己没有存酒,又不愿意开一瓶整的,也没关系,上柜台那儿查去,看哪个瓶子上的名字自己认识,倒半杯。

写作与喝酒

从三十岁到四十岁这十年,我的人生大事只有两件——写作与喝酒。估计就在那段时间,我真正地对酒精形成了依赖。

我当了专业编剧,用不着整天惦记着赶火车、赶飞机了,也用不着考虑什么时候必须清醒,登台演出了。时间完全由自己支配,写累了喝酒,酒醒了继续写。

当编剧是一件很辛苦的事情。写的东西肯定是老板感兴趣的,但不见得是你感兴趣的。有时候脑子里什么灵感都没有,坐在电脑前边凑字儿。人家天天催稿,这时候就算有个时装模特请你喝酒,也喝不踏实。

尤其是写情景喜剧,都是边写边拍。现场等米下锅,你的剧本写不出来,现场就要停工。老板给你打电话不停地央求:"快出剧本吧,一天几万块钱呀。"这种央求比骂你还难受,让你深感责任重大。

所以我从早上五六点就起来写作,写到下午四五点完成一集。把剧本发出去,如释重负,再也不想剧本的事儿了,必须彻底地放松,迫不及待地联系人喝酒。那时候一个晚上可以喝几场,转战北京各个酒局,先是饭店的宴会,然后是去歌厅喝啤酒,从歌厅出来再到地摊儿接着喝,不喝醉了对不起白天的辛苦。

到东北给《本山快乐营》写剧本,刘流老师很体贴编剧的辛苦,专门托熟人给弄来了北大荒的烧酒。六十多度的,喝完第二天不上头,不恶心。

我白天写剧本,晚上拿着烧酒到地摊儿去喝。正值夏天，地摊上每个吃饭的人都光着膀子，这个胳膊上文条龙，那人肩膀上刺条虎。这个说着："我有枪。"那个说着："我有三条人命。"让人有点儿恍惚了，感觉是威虎山聚会。

戒酒

说起我戒酒的历程，其实挺艰难的。我媳妇儿自打嫁给我那天起就跟我说："你要是喝死了，我怎么办？咱们将来的孩子怎么办？你爸爸怎么办？"我心里明白："这些都不好办，但是最不好办的是，我喝死了，我怎么办？"

主持人王为念老师曾经流着泪对我说："为了能给大伙多说几年相声，别喝了。"

我真的打算不喝了，坚持一个月试试。某个场合，看大伙都举杯，心里痒痒了，心里嘀咕着："喝一回，应该对身体没什么伤害。"这一松口儿可就不是一杯了，最少半瓶。

回家媳妇儿急了："你不要命了？"我还有的说："就那谁，比我身体还差呢，人家照样儿喝！"

第二天后悔呀，"我怎么又喝酒了？"心里特别沮丧，怎么消除这种沮丧呢？接着喝呗！恶性循环，天天就在酒醉的状态里出不来了。连着醉五六天，直到身体也受不了了，精神也抑郁了，这才停下来。

每回停酒，我都感觉从地狱归来，心中无限感慨："不喝酒的感觉真好。"停了一个多月，又开喝！

为了劝我戒酒，我媳妇儿每天买十瓶二锅头，天天在厨房点火，弄得我们家跟桑拿箱似的。连着烧了十天，一百瓶酒烧完了。

我做了个梦,梦见一个青面獠牙的鬼,围着点酒的蓝火苗子跳舞。不知道是火供显灵了,还是我喝糊涂了。

估计我身上那老头儿酒量太大,一百瓶二锅头满足不了他,我还接着喝。媳妇儿又下狠招儿,偷着把我手机里所有酒友的电话都拉黑,然后删掉。

找不着电话号码可以问别人呀,我还是出去喝。好几回喝到找不着家,给媳妇儿打电话:"我旁边有个建筑,是某某某,你快来。"媳妇儿赶紧开着车来接我。

晚上我出去喝酒,怕媳妇儿查岗,我都把手机关机。媳妇儿就挨个给酒友打电话问,再找不着我,她就去我常喝酒的地方,从饭馆找到酒吧,从工体找到后海,真是太不容易了。

直到我住院那天,我的医生朋友拿着化验单,指着上面的箭头跟我说:"哥,再喝真要死了。"我突然顿悟了,一切钱呀、名呀,包括酒呀,都是瞎掰,活着才最好。

酒肉朋友

酒友跟酒肉朋友是两码事。酒肉朋友,就是没事了凑到一起吃吃喝喝,互相吹嘘拍马而已。别瞧喝酒的时候聊得火热,感觉哪个人都能为你两肋插刀,真遇到点儿难处了,别指望他们能帮你。他们求你什么事儿,你也是能帮就帮,不能帮别逞强。

他们在酒桌上说的话你别当真。"某某某是我大哥……

跟我说呀,我一句话的事儿……你跟他提我,吓死他……"诸如此类的话,只停留在酒桌上,出了饭馆这门儿就作废。真有事儿的时候你找到他,他绝对跟你说:"……这两天我大哥出国了……我认识那领导出了点儿事儿……千万别跟他提我,我们哥俩最近闹别扭呢……"

  这种酒肉朋友并非一无是处,至少他们在酒桌上给你带来了快感,让你为自己拥有这么多有门路、交际广的朋友而自豪。他们口头上对你的忠诚,让你短暂地感受到了无限的温暖。那一刻你感觉自己今后的道路一定畅通无阻,一片光明。

  酒肉朋友还有一个用处,就是你宴请新朋友的时候,请他们作陪。你的新朋友肯定对你高看一眼,"你认识这么多手眼通天的人哪?关系好到不分彼此,佩服!"

  等他们吹累了的时候,你也可以瞅准机会,胡说八道一番。反正都是酒桌上的话,也不用负责任,还可以提升你的自信心。在现实生活中碰壁、摔跟头,受了伤害,在酒桌上吹嘘一下自己交朋友的本事,可以疗伤,可以减压,可以在精神上战胜那些欺负过自己的人,我管这叫酒桌上的"阿Q精神"。

  我在某城市写剧本,那个节目的制片人就认识一帮酒肉朋友。我刚到的第一天,他就跟我说:"今天宴请方老师,在省内部餐厅,不对外的。"到了地方一看,破桌子,烂板凳,灯光昏暗,估计省领导的司机都嫌这儿脏。

  菜总共就上了四个大盘子,都是以土豆、粉条一类食材做成的炖菜，躯儿咸。制片人嘴里一说，这可就不是一般的菜了，这都是有故事的特色菜，每道菜里有很多讲究，是当地迎宾的必备菜。

喝的酒是白瓷瓶的，酒瓶上贴着张白纸，印着两个红字——"特供"。制片人说了，这是中央专门为省领导特供的茅台，都是三十年窖藏，市场价十万一瓶。我当时就判断出来，他说的是瞎话。他要是真舍得拿出十万块钱一瓶的酒，绝对不会让我们只吃四个菜。

制片人开始介绍到场的各位嘉宾，都是省市级的领导，还有一位书法家、一位易经专家、一位武术大师。他介绍完每一个人的头衔之后，在场的所有人都异口同声地称赞："这可真是大领导，这可都是大师"。

后来我知道了，他说的那些头衔都是瞎掰的。比如在政府大院食堂炒菜，他就说成是专管生活的副省长；没事儿爱给人看看手相的那位，就成了易经专家；那武术大师更是什么都不会，就在电视台武术节目中当过一年的生活制片。

酒过三巡，坐在正中间，最受尊敬的一位白发苍苍的"省级领导"讲话了（后来我闹明白，他媳妇儿的一个八竿子打不着的远房亲戚在省政府当干事，所以大伙把他包装成省级领导），所有的人都很入戏，马上放下手里的碗筷，挺直身板，洗耳恭听。

"省级领导"说话低沉而有分量，"我们去北京，住的都是内部招待所，专门招待省级领导的。服务员以为我们没背景呢，对我们挺冷淡，当时我就把桌子给掀翻了。那种地方谁敢闹事呀？我就不怕！我破口大骂，谁劝我都不管用。"

众人异口同声："后来呢？"

"后来服务员把警察叫来，给我押送回来了！"

众人泄气了，这算什么本事呀！殊不知，这位"省级领导"喝多了，把实话说出来了。

制片人怕我明白过来，赶紧灌我酒。"来来来，方老师，我敬您一杯。"

"我真喝不动了。"

"换啤酒。"

"我有痛风。"我这句话仿佛是凝固剂，现场死一般沉静，每个人的眼睛都放出奇异的光彩。我有些茫然了，不知道将要发生什么事情。

"哎呀，您命好。"制片人此言一出，众人连连附和。现场的人两两对视，互相交流眼神，充分肯定制片人的话。制片人一指席中的武术大师，"大师研制出了一种中药，专治痛风。"大师转身从自己的双肩包里拿出个医院输液的瓶子，说里面灌的都是中药汤子。

"喝下去！"

我鬼使神差地举起玻璃瓶子一饮而尽。制片人给我倒上一杯啤酒，"干！"我还是有点儿迷糊，制片人说了："喝了大师的药，啤酒随便喝，海鲜随便吃！服务员，上海鲜！"马上有人拦阻，"大哥，海鲜没特色，上一锅羊杂碎吧。"

服务员端上一砂锅羊杂碎，制片人说了："吃吧！"我犹豫着不敢下筷子，众人却七嘴八舌地说起了大师的先进事迹，这个说某某同学，那个说某某亲戚，都是严重的痛风患者，吃了大师的药之后，现在是天天喝大酒、吃海鲜，什么事儿都没有。

我听众人说得如此真切,那就别客气了,啤酒、羊杂碎一通招呼。第二天早晨痛风就犯了,在床上躺了一个礼拜。

制片人、大师、"省级领导"等人的关系,就是酒肉朋友。如果没有这些酒肉朋友,吃着土豆、粉条,喝着劣质白酒,宴会肯定会很无聊。酒肉朋友就像生活中的调味剂,给我们的生活增加了色彩。

"文艺青年"白叔

我所说的酒友,不是酒肉朋友。我说的酒友,是你几天不跟他一起喝酒就会想他,想打个电话约他出来喝两杯。不见得去多好的餐厅,有时候两个人找个街边小馆儿,就能喝得高兴似神仙。

你遇到什么好事儿,比如挣了笔大钱,上了个新栏目,约他喝酒庆祝,他会由衷地替你高兴,绝对不会嫉妒。你遇上什么挫折,约他喝酒诉苦,他就像自己身处困境一样,和你一起沮丧、悲伤。你要是办了什么错事儿,无法消除内心的悔恨,他会安慰你:"这有什么呀?我办的那事儿比你还丢人呢。"

白叔就是我这样的酒友。

白叔是中国煤矿文工团著名的词作家,比我大二十岁。刘欢、李娜等老牌歌手都唱过他写的歌。白叔酷爱相声和快板儿,经常写段子念给我们听,自己乐得喘不上气来,而听的人却异常冷静。喝到兴头儿上，白叔也会扯着脖子唱段快板儿。他认为自己唱的快板儿很地道，遇上专业的快板儿演员，他都敢跟人家PK。其实，他唱得真不怎么样。

白叔年轻的时候，总跟一帮当时先锋的诗人、作家泡小酒馆儿。这些人也没什么钱，菜就是一盘花生米，酒就是散装的白酒、啤酒。各人付各人的账，谁也没钱请客。

偶尔有谁挣到稿费了，"我请大伙儿上二楼。"话一出，随即引来一片欢呼。二楼环境相对雅致一些，还有炒菜卖。可上了二楼大家还是不点炒菜，煮花生变成了炸花生，一毛三一两的白酒换成一毛六一两的，仅此而已。那时候的人穷，但是快乐。

我曾向白叔请教过写诗的技巧，他向我传授秘籍："某诗人跟我说过，写诗就是胡说八道，假装疯魔。"我不知道这是酒后吐真言，还是酒后失言。

白叔，江湖人称"白加啤"。吃饭的时候喝白酒，平常喝啤酒，基本上不喝不含酒精的任何液体。我们一起给电视台撰稿的时候，住的都是高档宾馆。宾馆里的啤酒太贵，白叔第一件事，就是在宾馆附近找个小卖部，买一箱啤酒扛上来。写东西的时候，开作品讨论会的时候，白叔都是一瓶接一瓶地喝。到了吃饭时间，白叔会说："喝点儿去吧。"到餐厅喝白酒，才算是真正的喝酒。

有一阵白叔脚疼，医生怀疑他是痛风，不让他喝啤酒了。医生给他抽了血，让他等化验结果。连着两天白叔都垂头丧气，第三天突然打电话约我喝酒，一碰面就举起啤酒杯跟我说:"结果出来了,我不是痛风,咱得好好庆祝一下!"

那时候的高档酒店还不对普通老百姓开放。白叔穿着一般,每次回酒店都要遭受保安盘查。白叔急了,立马到燕莎商场花几千块钱买了一件大斗篷,没想到,人家更不让他进了,以为是"超人归来"呢。

白叔喝酒爱划拳,每次在酒桌上都主动提议:"划两拳?"要是赶上身边的人都不会划拳,白叔还是不甘心,"石头、剪刀、布,会吧?"

有一回,白叔挣了笔稿费,要请我上高档餐厅喝酒。我事先提醒,那儿可不能划拳。于是约好晚上吃饭,下午白叔就上我们家找我来了。"咱划两拳。""下午我不想喝酒。""不喝酒,光划拳。""那多没意思呀!"

白叔掏出个小本儿来,"咱先记上账,晚上喝酒。"

白叔认真地写上我们俩的名字,然后开始划拳,谁输了就在名字后面画一道儿。晚上到了餐厅,掏出账本儿,按上面"正"字的多少来定喝酒的量。

白叔是个豪爽的人。有一回我、白叔跟廉春明老师在大三元吃饭,白叔抢着结账。廉老师让我抱住白叔,他买了单。事后白叔很不好意思:"应该我花钱,你非抱着我。"我说:"您要真想买单,我也抱不住您呀。"

白叔也不总是大方,有时候去饭馆儿跟服务员说:"给我来一串儿羊肉串,一瓶啤酒。"弄得服务员都懒得搭理他。有时候喝高兴了,也掏出一百块钱给服务员当小费。

有一回我作品获奖了,白叔请我喝酒,还拿出自己的一千块钱私房钱给我发奖金。我知道白叔藏点儿私房钱不容易,死活不要,白叔把钱放到地上,转身就走。

过了几天白叔约我喝酒,一杯酒下肚眼泪就下来了,"我藏在抽屉下边的存折,让我媳妇儿收走了!那是我全部的私房钱呀,你说她怎么发现的呢?女人太狠毒啦!"我赶紧拿出一千块钱,"这是上次您给我那奖金,还给您。"

歌手王亚民是我的铁哥们儿,他因为没有新歌可发而发愁。我托白叔给亚民写了首歌,说好稿费从优。白叔写完之后,我拿给亚民一看,词句太文雅,不适合他的风格,就没采用。

既然没用,我就不能让亚民掏钱给白叔了,但是我也不能让白叔白写这词儿,拿不到稿费呀。既然两边都是朋友,于是我就自己拿了两千块钱交给白叔,"这是亚民给您的,歌词他觉着不错,准备找人谱曲呢。"

后来亚民偶遇白叔,白叔说:"谢谢你给我那两千块钱。"亚民傻了,"我什么时候给您钱啦?"白叔这才知道这钱是我掏的。我在白叔心目中的形象从此高大了许多,这两千块钱我花值了。

白叔偶尔还会多愁善感。有一回我俩在马甸桥西北角喝酒,那时候正是秋天,挺凉快,我俩把桌子抬出来,在饭馆门口喝。一片树叶飘落,白叔叹口气:"一叶落地即为秋呀!"

白叔还是个民族自尊心很强的人。有一回开作品研讨会,一位礼仪专家大谈外国人如何讲究礼仪。我觉着人家说得没错儿，现在外国人就是比中国人注重礼仪。白叔拍案而起，讲了一个小时中国的传统礼仪，把那位专家回怼得连头也不敢抬。

酒给白叔带来了快乐，也伤害了他的身体，如今白叔每周需要到中日友好医院透析三次。中日友好医院门口儿有家川菜馆，白叔办了张卡，每天透析完就到那儿喝一瓶小二锅头、两瓶啤酒。他说了："毒素透出去了，喝多少酒都没事儿。"还跟我说："我的身体跟你没什么区别，就是每礼拜比你多透几回。"

白叔很关心我，前一阵儿我住了两个星期的院，他还到医院看我。透析的间隙他去了一趟四川，觉着麻辣兔头不错，专门儿买了一大包带回来给我吃。按说透析就不能喝酒了，但是我从来不劝他戒酒。没有了酒，白叔的生命还有什么意义呢？

后来有人给我发微信告诉我，白叔去世了。我写了副挽联："魂归白云海，天上啤加白。"但是白叔没办追悼会，也没有办任何悼念活动，录上一首白叔为电视剧《马三立》写的歌词，表达思念之情吧。

世上本来没有路，
风高浪急是江湖。
说什么相声的肚儿杂货铺，
仰天长啸也当哭。
胳膊折了袖口里褪，

咱们抖的可全都是包袱儿。
说学逗唱催人老，
当铺里的青春谁去赎。

酒神丁大个

好酒之人分几种。

一种是酒神。赶上酒局了，喝上三斤二斤的，脸不变色，心不跳。丁大个就是酒神，我亲眼见他喝过满满一海碗二锅头，足够二斤，但他仍旧能谈笑风生，没有任何异常反应。

一种是酒虫。甭管是不是饭点儿，有没有酒局，想起来就喝点儿。丁大个也是酒虫，平常桌子上随时摆着酒瓶子跟酒盅，没事儿坐那儿拿酒当茶喝。出门儿的时候怀里揣着小酒瓶，馋了就掏出来喝两口。

一种是酒鬼。不喝正好儿，一喝就多。有的人喝多了就哭，有的人喝多了爱抬杠，还有的人越喝越坦诚。我曾见过两个喝多了的，一个北京人，一个广东人。两个人坐在酒店门口儿的台阶上，北京人说："北京有事儿你找我。"广东人说："广东有事儿你找我。"就这两句话，俩人一直说到天亮。丁大个不属于酒鬼，因为我就没见他喝酒失态过。

说了半天，丁大个是何许人也？

白叔是文人，丁大个是浑人。一米九的个子，长得虎背熊腰。最早在建筑队当瓦匠，会砖雕，曾经参与过故宫的修复工作。

他天生就不是本分人,改革开放之后,很多人辞职下海。20世纪80年代初,他也辞职了。不过他没本钱做生意,于是就在海淀区某大学门口支摊儿卖起了馄饨。

论辈分,我应该叫他"叔"。丁叔的爷爷新中国成立前就在白塔寺卖馄饨,他做的馄饨保持着老北京的传统风味,火爆一时。就连警察、城管等人下夜班儿,都要去他那儿吃馄饨。丁叔天生就是个外场人,因此结识了不少官面儿上的朋友。

那时候社会治安还不是特别好,摆摊儿卖小吃难免遇上闹事儿不给钱的。丁叔样子长得挺凶,又人高马大的,上他这儿闹事儿的人不多。但是旁边有妇女摆摊的就不行,总有人去捣乱。丁叔热心肠,只要旁边的摊主向他求救,他是该出手时就出手。

要说丁叔打架也没什么技巧,第一敢下手,第二身大力不亏。打着打着还就打出名气来了,很多社会上混的人都专门儿上他这儿吃馄饨,就为跟他交朋友。丁叔挺仗义,即便跟他动过手的人他也不记仇,不打不成交嘛。就这样朋友越来越多,在海淀一带出了名儿。

丁叔卖馄饨积累了资金,也积攒了人气,于是在北京的甘家口租了个百十平方米的门脸儿,开起了饭馆儿,专卖老北京炸酱面。

那是北京最早卖炸酱面的饭馆儿,那会儿还收粮票儿呢。您吃过凉拌萝卜片吧?告诉您吧,这道菜就是丁叔研发出来的。厨师做凉拌萝卜丝儿，得把水萝卜的皮削下来扔掉。他觉得扔了可惜，就把萝卜皮洗干净了用盐一腌，然后倒点儿醋当下酒菜卖，还挺受客人欢迎。

人艺的很多老艺术家都是他那儿的常客，包括曾任中国文化和旅游部副部长等职的英若诚老先生。相声演员去的就更多了，马季先生、侯耀文先生、冯巩先生等都常去。

我二十多岁的时候，年轻气盛，跟人打架闯了祸，被关在了某派出所。我师父托人请到孟凡贵帮忙，孟凡贵又找到丁叔，那一片儿正是丁叔的地盘儿，他找到当事者，三言两语，事情就过去了。

从此我跟丁叔成了酒友，经常过去找他喝酒。甘家口那时候叫新疆村，有很多新疆饭馆儿，我跟丁叔吃他店里的饭菜吃腻了，就去新疆饭馆吃烤羊油，就是把羊尾巴油串成串儿烤，简直太香了。不过这种吃法太不健康了，为我们的身体埋下了隐患。

常言说"福无双至，祸不单行"，这句老话儿在丁叔身上应验了。当年甘家口扩建街道，丁叔的饭馆拆迁，给了二十五万的补偿款。他放在吉普车的后备箱里，结果被人砸车偷走了。后来想肯定是熟人干的，但就是找不着这个人。

丁叔钱丢了心烦，于是到大排档喝酒去，又跟几个小痞子发生了口角。本地的痞子都认识他，跟他动手的这几个是外地过来的。他赤手空拳地对六个拿刀的小伙子，结果身中几刀。丁叔不敢含糊，愣是自己开车去甘家口医院看的伤。

刀伤还没养好，他的父母又相继过世。从那之后，丁叔风光的日子就一去不复返了。先是在街边摆了个小摊儿，卖卤煮火烧。他做的卤煮绝对是北京市一流的，可就是没人吃。一晚上就我一个客人。我们俩坐在锅旁边喝着酒，他一会儿从锅里捞块肥肠切了吃，一会儿又捞块儿豆腐当下酒菜儿，就这样我俩一直喝到收摊儿。

后来他亲戚在阜成门开了家面馆儿，他入了伙也当前台经理。越是亲戚越不能一块儿干买卖，总闹矛盾。他那饭馆儿冰箱旁边有张桌子，是我的专座儿，我隔三岔五就找他喝酒。

再后来，他离婚了，一个人挺孤单。我有个学生的母亲也是单身，我自己都没结过婚，愣给两个人说媒，这事儿还就成了。我平生就做过这么一次大媒，成功率百分之百。

好景不长，没多久丁叔和亲戚在阜成门的饭馆儿关张了，由于丁叔将房子给了前妻，他又早早地辞职了，没有退休金，租不起北京的房子，只好和现任妻子到老家涿州租房。不过两人相依为命，相亲相爱，日子倒过得非常幸福。

要是没有我给他介绍的这个老婆，真不敢想象丁叔的日子该怎么过。

前几年我母亲去世了，丁叔专程从涿州跑来主持葬礼。他说了，我们是一辈子的朋友，这种大事儿他必须到场。

丁叔是挺刚强的人，去年夏天给我打电话却哭了。原来我给他介绍的老伴儿查出了乳腺癌。丁叔托朋友找关系，给老伴儿治病。后来经过手术、化疗，老伴儿的病情有好转，丁叔的脸上又有了笑容。

前两天我去看丁叔，差点儿认不出他来。他已经瘦得不成样子，往日的威风再也找不到了。没有了饭馆，远离北京这些朋友，他每天就靠喝酒打发时光。天一亮就得找酒，一直喝到天黑，结果把身体喝坏了。

回想起他当初开着敞篷吉普车招摇过市的情景，我知道什么叫英雄落魄了。是什么原因迫使丁叔走到今天这一步呢？

一是他个人观念上的陈旧。他在阜成门那家饭馆为什么关张呢？我觉得，还是因为他按照20世纪80年代刚开饭馆时候的模式经营，菜品没有改良，餐厅的环境乱，服务不到位。现在不是酒香不怕巷子深的时代了，竞争这么激烈，拼的就是经营理念，而丁叔最缺乏的就是与时俱进的经营理念。

二是他贪酒。如果不是贪酒，喝坏了身体，他自己摆个摊卖馄饨、卤煮，或者找家饭馆儿当大堂经理，也不至于在北京混不下去。

有一天我突然接到电话，说丁叔酒精中毒住院了。我赶到医院时，丁叔躺在病床上，不省人事。看我来了，他嘟囔一句："小方来啦？上凉菜。"这是他说的最后一句话，之后就陷入了深度昏迷，一个月后，他就走了。

吃货精神

吃不饱

我十七八岁的时候,常去京郊各地演出。说好了管饭,也就是在乡镇食堂,端上个大盆放在中间,里头装着面条儿。桌子上放两个小盆,一盆芝麻酱,一盆黄瓜丝。这帮演员可找着不要钱的饭了,后来又煮了三回面条还喊不够呢。

人家厨子说了,没芝麻酱了。相声演员刘洪溪老师说:"没事儿,弄三合油。"厨子说:"什么叫三合油?"北京人能不知道三合油吗?人家就是不想给做。

这能难住我们这帮吃货吗?刘洪溪老师教给他,"简单,弄点儿花椒、酱油、香油、醋,一炝锅就行了。""不会做。""没事儿,我自己做。"说罢,刘老师亲自下厨。

那时候演员都住在后台。吃饱了,喝足了,刘洪溪老师在剧场门口儿找了个阴凉地儿午睡,醒了发现嘴有点儿歪,回去就半身不遂了,再也不能登台演出了,那年他还不到五十岁。

那个年代的人们刚刚解决温饱问题,根本没什么健康意识。不像现在,电视台天天讲养生,人们都知道如何爱惜自己的身体。

如果是现在，这种事情绝不会发生，刘洪溪老师至少还能在舞台上活跃二十年。好在刘老师以顽强的毅力坚持病后康复训练，目前身体状况不错。

不光我们那种草台班子遭受过这种待遇，那年头即便是国家一级团体演员出去演出，人家供饭也不管够。有某国家级团体演员到县城演出，演完了到一家餐馆用餐。刚把大伙的馋虫给勾出来，桌子上就没东西可吃了。

年轻演员负责张罗，"我再去厨房看看。"来到厨房一看，几个厨子正会餐呢，吃得比客人都好。"师傅，还有吃的吗？"说了几遍没人搭理，年轻演员臊眉耷眼地回来了。

老演员郭全宝自告奋勇道："你们没名儿，人家不认你们，瞧我的。"起身向后厨走去。大家伙儿的目光都跟随着郭老师，盼望着他的出色表现。郭老师一挑后厨的门帘，刚开口说道："师傅……"人家把灯关了。

众人失落地走出饭馆。服务员在门口送客："欢迎再来。"郭老师低声念叨："这辈子再也不来这地方了。"

20世纪80年代的时候，我跟随师父李金斗、侯耀文等一批名家到全聚德烤鸭店演出，说好了不给钱，烤鸭子管够吃。那年头儿人们的肚子亏油水，碰见这机会那还不敞开了吃呀？吃到最后，全聚德经理说："实在抱歉，鸭子得一个小时才能出炉呢，实在供不上您几位吃了。""咱不是说好了嘛，不给钱，烤鸭子管饱。""谁知道您几位这么能吃呀，还不如给钱哪！"

还有一回我们跟随文工团到某企业演出。人家本身就不爱招待我们，"有那招待费自己吃了好不好呀？演员里又没明星，还没看电视热闹呢！"对我们很冷漠，吃饭也没有领导陪着。上了一盆西红柿汤，大伙饿得不行了，不一会儿就见底儿了。一会儿又上了一盆面条，大伙每人盛了一碗，眼巴巴地等着上卤。等了十分钟也没动静，问问吧，"服务员，卤呢？"服务员面无表情地来一句："刚才你们都给喝了。"

偷着吃

我十八岁时经相声演员刘洪沂老师（就是炒三合油的刘洪溪老师的亲弟弟）介绍，到国防科工委（现在叫总装备部）文艺演出队上班。那里条件太好了，住的是祥云楼宾馆，吃的是宾馆的餐厅提供的四菜一汤。天天吃宾馆的菜，对我来说就是天堂啊！才几个月我就长了二十斤。

可好景不长。搭档付强犯了点儿"口业"，我们俩把饭碗都丢了。后来经小品演员孙涛介绍，我们来到了南口的部队业余宣传队上班。

进饭堂一看，那条件跟国防科工委简直是天壤之别呀！大盆装的棒子面粥，笸箩里发黄的馒头，桌子上四盘菜，根本不够一桌子人吃的，只能拿咸菜找齐儿。

每个人的伙食费本来就不多，司务长买菜的时候再吃点儿回扣，大家伙能吃得好吗？炊事班的战士都是从农村来的十几岁的兵，在家连煤气炉都没见过，哪儿会炒菜呀？就算有好东西给他们，也做不出那个味道。

伙食不好，我就想办法自己改善。买了个搪瓷缸子，一个热得快，自己涮羊肉。调料是从商店买的塑料袋装的涮肉料，咸得要死。演出队比普通连队条件好，俩人住一屋。晚上熄灯之后，偷偷点个小台灯，吃着涮羊肉，喝着二锅头，那感觉比上东来顺还美。

部队门口儿有个水塘，天天有人在那儿钓鱼。我就跟人套近乎："我是演出队说相声的，您能不能给我们点儿鱼呀？"人家说了："你给我们说一段儿。"那好办，回去拿上快板儿，唱一段儿绕口令，这帮人连连叫好，从网兜里挑了两条最小的鱼给我。我回去用白水一煮，放点儿盐，跟做给产妇下奶的餐食似的。

部队的伙食油水太少，我们又都年轻力壮，吃完之后两小时就饿了。于是大家都用热得快煮方便面吃，每个人都有不同的高招，放鸡蛋的，放黄瓜片儿的，加各种调料的。同样品种的方便面，每个人煮出来的味道不同，大家互相交流经验，取长补短。

当然了，方便面的绝配还是火腿肠。当年我们都爱吃一个品牌的火腿肠，后来社会上谣传，那个火腿肠里掺杂着人的屁股肉，所以吃起来香。谣传实在是靠不住，人的屁股哪儿那么好找呀？

后来领导发现大家偷吃方便面的问题，部队怎么能自己开火呢？于是明令禁止，谁用热得快便给予处分。搭档付强顶风作案，被领导逮个正着，结果受了处分。后来他转业到企业，领导一看档案，上面写着"使用热得快受处分"这也给处分？领导觉着不可思议。

部队旁边是个果园，到了收获季节，我们跳墙过去偷苹果。果园养了几条大狗，我们必须快速摘下苹果，放到军用挎包里，只要大狗一发现，就以百米冲刺的速度跑到围墙边，翻墙逃走，动作稍慢，就有皮开肉绽的危险。

部队领导喜欢养兔子，我们就琢磨开了，兔子肉应该很好吃吧？我们夜里把兔子偷回来，送到饭馆儿，给人家点儿加工费，让人家帮着做熟了。后来被领导发现了，他在会上提到这事："以后你们想吃肉告诉我，我给你们买。千万别再吃我的兔子了，那都是长毛兔呀！"

南京岁月

1993年夏天，我去了南京前线文工团，团里的条件在当时来说是不错的。文工团距离市中心二十分钟车程，有一处大院子，周围有茂密的树木。文工团分给我一间宽敞的平房，暂时没有洗手间，等过两年，就能分到带洗手间跟厨房的平房套间。

但是在那待了半年我就回北京了。为什么呢？吃得不习惯！

文工团有食堂，也有炒菜、米饭，但是北方人离不开面条，而食堂很少有卖的，因为演员都是南方人。我只能到大院门口儿的小饭馆吃，那种小饭馆就是个铁棚子，只有三面墙，前面全开放。

小饭馆没有麻酱面、炸酱面之类的,有一种雪菜面,热汤面里放点儿雪里蕻,我实在是吃不下去。有一种炒面,从冰箱里取出煮好的面条,用辣椒炝锅,把面炒得快要糊锅的时候,倒在盘子里。

因为强辣的口感,我吃得挺过瘾,所以后来我天天去吃炒面。一盘炒面,一块四毛五半瓶儿的"分金亭"酒。只能买江苏产的这种酒,因为买不到二锅头。

南方人做生意比较人性化,还免费赠送一碗汤。说是汤,其实就是热盐水,上头飘着一片绿菜叶儿。别瞧简单,喝完酒再喝汤,胃里还挺舒服。

炒面虽好,连着吃三天就腻了。听说距离文工团不远的孝陵卫,有家拉面馆儿不错,我欣喜若狂,急速前往。到那儿一瞧,还真火,门口儿都是端着碗站着吃面的人。排队买一碗尝了一口,没觉出味道有什么不同,为什么这么火呢?

等到一碗面全部下肚,感觉出奥妙了。吃完神清气爽,眼睛看东西都清亮了,浑身上下都透着舒服。第二天到了饭点儿,身不由己地往面馆儿溜达。

有一天中午我又去那个面馆儿,看见工商部门执法人员正往门上贴封条呢。一打听才知道,面汤里有"大烟壳"。当时吓出一身冷汗,幸亏工商部门执法及时,要是吃拉面吃出毒瘾来,我可就太冤了。

在南京那段时间,最想的不是家人和朋友,而是二锅头和卤煮。文工团门口儿有家餐厅,卖一种用猪大肠做的菜,类似北京的炖吊子。真正的菜名儿我忘了，当时人们都管它叫"呼啦圈儿"。这下儿我可发现新大陆了，上自由市场买张烙饼，要份呼啦圈儿，把饼撕了泡在里面，代替卤煮火烧。

但那毕竟不是卤煮火烧。卤煮火烧是咸口儿，再加上蒜末、辣椒油、香菜、醋，那什么劲头儿？"呼啦圈儿"偏甜，吃两天就腻了。

看来文工团附近是没什么好吃的了，只能向更远的地方寻找美食。听说珠江路有夜市，赶过去一看，真热闹，马路两边都是临时搭的小棚子，足足有一千米长。在那里我第一次吃到了小龙虾，就是后来风靡北京簋街的那种虾爬子。

不过他们的做法跟簋街不一样。簋街是下足够的麻辣料翻炒，珠江路夜市的做法是用竹签穿成串儿，放到锅里炸。我买了一串儿尝尝，不是那味儿。

在夜市来来回回溜达了几圈，也没发现想吃的东西，倒遭到招呼客人的商贩的几次嘲讽，因为我光看不买呀。

乘兴而去，败兴而归。

在北京演出队的时候，赶上下连队慰问，我们才开斋。我们算是总部派下来的，当地部队都把最好的东西给我们吃，每次在慰问期间我都能胖一圈儿。

在南京下部队就没这美事儿了。几次慰问都赶上去海岛，去的时候挺新鲜，坐登陆艇，拿馒头喂海里的海豚。上了海岛就傻了，很多海岛的蔬菜、淡水都得从岸上运过来，文工团的领导一再交代，蔬菜留给战士吃，我们吃海产品。

所以我们吃饭的时候，是一脸盆一脸盆地上小海鲜。那东西也挺下酒，就是不能多吃，吃多了闹肚子。

有一次立秋之后上岛，当地首长告诉我们，秋后吃完海鲜，绝对不能下海。我年轻力壮，哪儿管那套呀，照样儿下海游泳。这下儿可惨了，上吐下泻。吃海鲜闹肚子，比吃脏东西闹肚子还难受，吐的东西都是海蛎子味儿。

第二天走路腿都软，还得上登陆艇去下一个海岛。海上浪很大，登陆艇非常颠簸，正常人都吐，何况我这急性肠胃炎呀？

再也没心情拿馒头喂海豚了，我恨不得自己跳下去喂海豚。

那次慰问回团不久，我就打道回府，脱军装复员了。

吃遍北京卤煮店

1993年底，从部队转业到地方，挣工资了，外面的演出也多起来，终于不用为吃不饱发愁了。于是开始猛吃，跟报仇解恨似的。

我最爱吃的东西是卤煮火烧，那几年时间，我把北京有名儿的卤煮火烧店都吃了个遍。最正宗的当然是南横西街的小肠陈老店，别瞧店里就六七张桌子，顶多容纳二三十位客人，但那家店给无数个光顾过它的人，留下了美好的记忆。

小肠陈老店位于小马路的南边，店面比路面高出一米，得上几层台阶儿。透过玻璃窗户就能看见门口儿那口大锅，里面炖着大肠、猪肺、猪肝儿之类的下水，上面放着一层火烧。

那时候小肠陈老店的掌柜陈老先生已经六十多岁了，还亲自在那儿切火烧。我挺佩服老爷子那双手的，不怕烫，能直接从锅里捞大肠、捞火烧，放到案板上就切。现在卖卤煮火烧的，大多是用夹子往外夹火烧，看着就不那么过瘾了。

后来我给母亲购买墓地的时候，看到了陈老先生的墓碑。非常气派，不比陵园里裘盛戎、谭富英的墓碑逊色。裘先生、谭先生给人们带来视听的享受，陈老先生给人们带来了味觉的享受，在我心目中他们是一样的"名人"。

南横西街那家老店被占地拆迁之后，陈老先生的儿子在前门门框胡同又开了一家卤煮店，仍然是老味道。跟老爷子那店一样，到了饭点儿，附近居民端着钢精锅去打火烧，成了一道风景。

除了小肠陈，还有几家卤煮店不错。不过那时候的卤煮店大多没有字号，即便有，人们也记不住，只记位置。西单北大街路西有一家，北新桥路西有一家，东四北大街路东有一家卤煮白，这都是当年我经常光顾的地方。

特别值得一提的是，方庄立交桥底下、马甸立交桥底下，到了晚上有一些无营业执照的摊贩支个炉子卖卤煮，味道也挺正宗，就是卫生条件太差，不能经常吃。

去年我偶然路过东五环京哈高速附近的豆各庄大集，集上摆摊的有个小伙子，支口锅卖卤煮，吃起来也挺香。据小伙子说，他们家已经三辈儿做卤煮了。

吃了这么多年卤煮火烧，我发现了一个真理，世界上没有两家味道完全一样的卤煮店。卤煮火烧的关键就是一锅原汤，卖完了收摊儿。总往里兑水，往里放事先煮好的大肠，就不是那味儿了。

吃也赶潮流

我还爱吃重庆火锅，在外边吃太贵，就让我母亲上自由市场买牛百叶。我有个战友是重庆的，给我邮寄火锅底料。吃麻辣烫用电火锅不过瘾，必须把铁锅放在煤气上，拿瓶啤酒坐旁边吃，吃得一脑门子汗，那叫一个爽。

爆肚儿也是我的最爱，不过这东西比卤煮火烧贵很多，轻易不舍得吃，必须得是请人吃饭才舍得去吃。记得我请相声老演员王学义先生去爆肚冯吃爆肚儿，吃得盘子摞起半尺高。老先生跟人家说："今儿这肚儿不嫩呀。"冯掌柜盯着那摞盘子没说话，潜台词是："不嫩你吃这么多？"可惜王学义先生已经不在世了。

那年头北京吃什么都赶潮流，今年流行涮羊肉，大伙全吃涮羊肉。第二年涮羊肉没人吃了，兴起了羊蝎子。所有涮肉馆儿改招牌，改成羊蝎子馆儿。第三年又兴起了红焖羊肉，这道菜是从河南新乡兴起的。

白塔寺那条街是火锅聚集地，类似后来的簋街。有家火锅店现在已经在北京开了连锁店，那家火锅店那年头在白塔寺就占两间平房。店里总是插着门儿，想吃火锅需敲门，服务员一看认识你，才给你开门呢。知道你是吃主儿呀。要不是正经的吃主儿，要个火锅光涮白菜，占人家一张桌子，人家还做不做生意呀？

有一年又兴起了羊肉串儿，白塔寺又改成了羊肉串儿一条街。在那儿吃羊肉串都是自己烤，有位大哥天天在各家饭馆儿转悠，帮人烤羊肉串儿。他一不为蹭吃蹭喝，二不要小费，因为他就爱好烤羊肉串儿。

卤煮、火锅、爆肚儿，这些东西都是以动物内脏为主要原料，动物内脏属于高嘌呤食物，那汤的嘌呤就更高了。要是吃卤煮、羊肉火锅的时候还爱喝汤。体内摄入太多的嘌呤排不出去，都凝结在关节处，久了就会疼痛难忍，走路都困难，这就是痛风。

综上所述，我不得痛风都冤。

各地小吃

我每到一地，必尝的是当地小吃。出去演出住的都是大饭店，宴请的菜肴很丰盛，但是我不爱吃，我愿意去地摊、小店找美食。

去四川绵阳演出，火锅不能不吃呀。我跟付强来到火锅一条街，却不知道哪家店正宗。当时不到饭点儿，也不能通过客流量判断餐厅的口味。于是我采取用鼻子闻的方法，感觉不对，跟付强使个眼色就出来，接着闻下一家儿。

看我俩这样，餐厅服务员心里肯定犯嘀咕：这俩人什么毛病呀，进来站一下儿，什么都不说，转身就出去？后来终于闻到一家味道不错的，我果断地冲付强点点头："就在这家儿吃。"

等火锅一端上来，就证实我的选择是对的。浓浓的红汤上漂着一层花椒，那种味道只有在四川或重庆的火锅店里能闻到，出了这一省一市，绝对找不着这味儿。

等服务员把毛肚、鸭肠等端上来，往锅里一涮，七上八下，然后蘸上用麻油、盐、味精调好的蘸料，往嘴里一放，轻轻一嚼，爽口弹牙。

这家店的毛肚不像北京某些火锅店里的毛肚————都是化冻的，跟嚼塑料布似的，怎么嚼都不烂，只能整块往下咽。到了嗓子眼那儿实在下不去，再用手拽出来扔喽。

新鲜的毛肚味儿，伴随着牛油味儿、麻椒味儿……这才叫四川火锅！后来跟当地人打听，那是绵阳最正宗的火锅店。

现在网络发达了，无论多小的城市，在网上一搜，就能查到当地美食，我这副好鼻子也就失去了用武之地。

我给电视台做撰稿人的时候，到山东济宁的金乡县参加晚会，在当地发现一种好吃的——甏肉干饭。顾名思义，就是在甏里炖肉，就着米饭吃。

甏里不光放肉，还放海带、鸡蛋、豆皮儿等，用老汤炖的，跟山东济南的把子肉有一拼。正式录像那天，我师父李金斗先生来了，我上餐馆买了几大兜子甏肉（当地没有餐盒，打包都用塑料袋）提到后台。很多歌手、演员都在场，大伙一闻挺香，不一会儿就给抢光了。

到山东、河南的县里或镇上演出，我必须吃的东西是羊肉汤。县城的大路两旁搭着简陋的棚子，支口大铁锅，用废弃的桌椅板凳当燃料。您别瞧环境差，熬的羊肉汤却极鲜，放上羊油炸的辣椒油，配上一个发面饼，那滋味美极了，给啥都不换。北京后来开了不少羊汤馆，却怎么也吃不出当年地摊儿上的味道。

1997年,我到广州拍戏,一待就是三个月,这可惨了。我年轻时候口重,粤菜清淡,我反而吃不习惯了。给你换盘子倒是挺勤,吃两口就给你换一个盘子,我还琢磨呢,他们这边刷碗工是不是不要工资呀?

感觉吃饱了,但是又不过瘾,刚出饭馆,又饿了。只能接着去外来人口聚集地,跟打工仔一起坐在马路边吃炸饺子,我就是那命。

广州那边的饮食习惯是吃饭前先上壶开水,我正渴呢,水刚倒入茶杯里就喝。一看别人,用那开水洗杯子洗碗,敢情我喝的是洗碗水!从那儿之后我也添毛病了,每次吃饭之前先拿茶水洗餐具。回北京也这样儿,一块儿吃饭的哥们儿说:"你有病吧?"

广东人吃着饭,还经常把茶壶盖儿拿起来斜搭在茶壶上,我怕摔坏了,赶紧给盖好。人家又给拿起来,反复几次,人家实在憋不住了,告诉我:"这是告诉服务生,没有茶水啦。"

回北京我也把茶壶盖儿掀起来,没人搭理我,只能扯着脖子喊:"服务员,加水。"

自助餐

二十年前,北京刚开始时兴洗浴中心带自助餐的。票价六十八元,包含搓澡和自助餐的费用,而且保证自助餐有大闸蟹。感觉挺划算,买张票就进去了。进去一看呀,一帮人光着屁股等着,就一个搓澡的,在每个人身上搓两下儿就算搓完了,这澡等于没搓。

快到开饭时间,到餐厅一瞧,阵势不对,很多人手里拿着大盘子,做起跑状,眼睛望着同一个方向——装大闸蟹的铁盘子。开饭时间到,服务员端着一脸盆小螃蟹往铁盘子里一倒,大伙儿好像听到了发令枪响,一跃而起。人多蟹少,现场惨不忍睹。互相撕扯的、摔倒的、骂街的……我赶紧换衣服走人,怕打起来溅一身血。

我知道北京最早的一家自助餐厅在马甸桥附近,好像叫"大森林"。那是20世纪80年代中后期,自助餐刚传到中国时开的。羊肉火锅,二十八元一位。开了没多长时间,被一帮的哥吃垮了。他们开了十几个小时的车,水米没打牙,收车直奔"大森林"去,那还不给饭馆吃黄喽。

还有一回我在一家小饭馆吃自助火锅,正赶上有个人在那儿请搬家公司的伙计吃饭。他们都是重体力劳动者,胃口好饭量大,老板都快给他们跪下了,"真的没肉啦。您几位要是实在没吃饱,就把我吃了吧。"请客的急了,"窗户上不是写着呢嘛,二十八元管饱。"

"我们是说管饱,但是我们没说管撑死呀。"老板说得也有道理。

醋卤面

我在燕山石化文工团的时候,有位老相声演员叫史英谭。他们家离我们团不远，我中午经常到他家吃饭。他从银川曲艺团回京，经常做的一种吃食叫"醋卤面"。燕山石化公司在山沟里，生活比较单一，也挺枯燥，但醋卤面给我留下了美好的回忆。

企业文工团不比专业文艺团体，不要求坐班儿。上午十点多的时候，史老师给我使个眼色，便出办公室了。我心里明白，那是回家做醋卤面去了。

十一点下班，我迫不及待地直奔史老师家。先是喝酒，在山沟里待着没什么业余生活，喝酒是最好的娱乐。喝得差不多了，史老师开始煮面。然后拿出个瓷罐子，里边就是醋卤。

把卤往面上一浇，吃完面再用碗里剩下的汤兑点儿面汤一喝。然后晃里晃荡地回到团里，在办公室睡一下午。熬到下班，接着到大排档吃晚饭。这种生活，我断断续续地过了七年。

把醋卤的做法跟您说说，您可以试着做做。
①等量的葱、香菜、蒜切碎备用。
②锅里倒油，炒肉丁儿，放辣椒。
③锅里再放葱，之后放蒜。
④倒入等量的酱油和醋，多少看菜量，反正得有汤儿。
⑤关火，放入香菜。

因为这里面有醋跟酱油，所以能在冰箱里放一个礼拜。夏天把面条过凉水，从冰箱里拿出醋卤直接浇面，吃着过瘾！冬天吃"锅挑儿"（老北京话，就是面条不过水），凉醋卤浇在热面条上，又热乎还不烫嘴。

至于面条，您买切面就行，尽量别用手擀面，不是那味儿。

簋街吃货

我从三十岁到四十岁，做了十年职业编剧。每天的生活很规律，白天在家写东西，晚上出去跟狐朋狗友吃饭。那时候北京城拉晚儿①的饭馆只有簋街那儿最集中，所以我们天天去那儿。一来那儿吃多晚都没人轰你，二来那儿气氛好，我们喝多了闹腾，也没人嫌我们吵。

我那时候住在石景山鲁谷，想去簋街得穿过大半个北京城。一般都是约七点吃饭，我打车去正赶上晚高峰，花的车钱都赶上饭钱了。坐地铁倒是不堵，可坐地铁的人太多，能把罗锅儿挤成水蛇腰。

所以我就想了个办法，每天四点钟出发，五点到簋街。随身带着笔记本，先找个茶楼，边写剧本边等着那帮人来吃饭。有时候不用赶剧本，我就在周围的胡同里转悠转悠。

这一转悠，看着胡同里街坊邻居坐在家门口儿吃饭聊天，透过临街住户的竹帘子，看着屋里那些陈旧的家具摆设，又勾起了我的胡同情结。

我的脑子里产生了个念头："在簋街租间房多好，白天写剧本，晚上可以溜达着去参加饭局。再说了，我写那剧本就

---

① 拉晚儿：北方方言，深夜不归。有挑灯夜战之意。

是写老北京民俗题材的,住在胡同里写更有感觉。"

于是为了参加饭局方便,我就在簋街附近的一条胡同里租了一间平房。这是一个小杂院,住着五六户人家。我这间房子在院子的角落,门口有八九平方米的空地,房东又给封出个小院子来,安了个天棚,能在院子里做饭、吃饭、喝茶、洗澡。

天棚是油毡搭的,中间有一大块玻璃,透过玻璃能看到院外的大树,能看到不远处的烟囱,还能看到满天的星斗,在院子里乘凉非常惬意。

更方便的是出了院门儿就是男厕所,不用担心闹肚子来不及跑。

我隔壁住着的是一家三口。老两口儿都已经退休了,儿子小雨二十五六岁了,也不去上班,就靠着父母那点儿退休金生活。北京胡同里这种什么活儿都不干的年轻人不少,不是啃老就是吃低保,反正饿不着。

小雨出奇地懒。公共厕所就一个坐便,别人都嫌脏不用,只有他天天在那上面坐着。连蹲着上厕所都嫌累,您琢磨得多懒吧。

他整天在床上躺着,就听见一句话来精神。只要谁冲着他们家窗户喊一嗓子:"小雨,跟我上簋街。"他迅速穿好衣服出屋,那速度快得跟消防队员听见警报似的。

院子里还住着一位丁大爷,他在院门口堆着一堆外面捡回来的破家具,整天鼓捣那点儿东西。今天把椅子拆了改个梯子,明天把梯子拆了改个饭桌。改完了也没用,还在那儿堆着。后来东西越堆越多,街坊邻居都有意见。

丁大爷有时候还从别的院儿叫俩帮工,帮着他一块儿又拆又装的。到了饭点儿,他让老伴儿弄一大盆黄瓜拌凉皮,在胡同里摆张小桌儿,招待人家喝酒。一边喝还一边说:"麻酱凉皮,管够!上回上簋街那家饭馆儿吃这菜,十块钱一盘儿,就两筷子。"

丁大爷帮着街坊修家具,人家请他上簋街吃了顿饭。这就成了他饭桌上永久的话题,吃什么菜都得评价一句,上回在簋街那家饭馆儿吃这菜……

我对门儿那间房是簋街一家餐厅的服务员宿舍,有八九平方米。每天上午门一开,跟变魔术似的,从里边冲出来七八个女孩儿,抢着洗脸刷牙。院子里就一个公共水龙头,不抢在前头,上班就得迟到。

慢慢地跟她们熟了,我就让她们用我小院里的水管子,她们也请我到她们房间参观。进去一看,出乎我的意料。我本以为员工宿舍脏乱差,没想到屋子非常干净,墙上绷着装饰布,每个人的床头都有点儿小工艺品。

抬头一看,挂着满满一屋顶千纸鹤,五颜六色的,都是女孩儿们自己叠的。电风扇一吹,几千只千纸鹤荡来荡去,煞为壮观。

屋子虽然又黑又小,但因为里面承载着七八个少女的梦,所以又让我感觉宽敞、明亮。

在簋街租房之后,我过上了神仙般的日子。白天躲在小屋里，在小贩的吆喝声、街坊的打招呼声、聊天声的伴奏下，进行着我那近乎瞎编的创作。

太阳落山，凉风袭来，我就合上电脑，出了小屋，顺着小胡同向簋街溜达。沿途闻着大杂院飘出的炒菜的香味儿，听着窗子里传出的电视机、收音机的声音，看着认真地玩着各种游戏的孩子们，我没喝就先"醉"了。

其实簋街的饭菜也算不上多精致，大部分饭馆的看家菜就是麻辣小龙虾。麻辣味儿吃着过瘾，一个虾就那么一小块儿肉，吃多少也撑不着。喝酒聊天的时候一边剥一边吃，还解闷儿。其他菜就那么回事儿，随便点几个凑数，来这主要是为了喝酒。

晚上喝到多晚都不怕，不用担心坐上出租找不着家而满街转悠；也不用担心因在地铁里睡着了，错过下车而慌乱，一直坐到总站也不错。

深夜的胡同特别宁静，昏暗的路灯照着破旧的街门，洋溢着浓浓的生活气息。我会趁着酒劲儿在胡同儿里一通神游，脑子里胡思乱想，或者什么都不想。

走累了回到自己那小院，不用上楼，也不用等电梯，推门儿就睡。我出去从来不锁门儿，有隔壁大妈帮着看家，什么东西也少不了。

偶尔还会多捆菜出来。"昨儿晚上菜市场处理小白菜，我帮你买了一把儿，你给我两块钱。"第二天，街坊大妈会这样告诉我。

可惜好景不长，我租房的时候是2003年春天，等到夏天，

"非典"闹得越来越厉害,簋街的饭馆儿大部分都关了。有几家坚持营业,我那帮朋友也不敢去吃了。

街坊大妈告诉我:"赶快买点儿吃的存起来,北新桥首航超市都快抢空了,明天一封城,可什么都买不着了。"

我对这种事儿半信半疑,但是我愿意凑这个热闹,觉着好玩儿。来到首航超市,货架子上基本都空了。一瞧大桶的二锅头还有,我的心立马踏实多了。

回家望着抢购来的一大堆东西,心中充满了成就感,就盼着明天超市关门儿。

第二天上街一看,超市还开着,货架子又满了,感觉很失落。

不过这堆东西也派上了用场。我认识不少在剧组打工的孩子,住地下室或合租房,没有做饭条件。我就跟他们说:"到我家吃饭来。"

我炸一大盆酱,谁来了给谁下面条,就跟我这间小平房办上了"流水席"似的。

在外面吃喝惯了,总在家里吃受不了了,做的菜太素,口味也太单调。听说天通苑那边还有露天大排档在营业,于是哥几个驾车直奔天通苑。

到那儿一瞧,就有卖羊肉串儿的,大伙连吃带喝,总算痛快了一把。

可是天天开车往天通苑跑也不是事儿呀,听人说辽宁只有葫芦岛出现一例"非典"病例,餐饮业照常营业。于是几个朋友决定,开车上大连吃去。

您说多大瘾吧!

饭局漫谈

随份子

我的老师兼酒友,词作家白云海先生,去美国交流访问,正赶上外国人在他下榻的宾馆办婚礼。他从那儿路过,也被邀请喝喜酒。以前的环境,即使俩人不认识,走街上都互相乐乐。现在俩人住对门儿,在电梯遇见了,谁也不搭理谁。

白先生是外场人,洋酒挺贵的,哪儿能蹭喝呀?他那个岁数的人有强烈的民族自尊心,不能给炎黄子孙丢脸,马上掏出一张美子(他们那个岁数的北京人对美元的称呼)拍给人家,"This is fen zi."他那英语水平不会翻译"份子",只能采取音译的方法。

老外愣住了,怎么还给小费呀?这是"飞来凤"呀!乐得鼻涕泡儿都出来了,一个劲儿地给白先生敬酒。白先生惨了,喝得晕头转向。

后来才知道,美国人结婚一般不给现钱。办婚礼之前小两口儿列个单子,把需要的东西写上,发给大伙儿。大伙儿根据自己的经济实力以及跟新人的熟悉程度,决定给人家买什么。当然了,单子上列的都是小物件,类似厨房用具之类的,不能狮子大张口儿,写上别墅、豪车也白写,没人给你买。

国内结婚都扎堆儿,赶上好日子,同一家酒店的几个厅同时举行几场婚礼。每个厅门口儿都摆张桌子,那就是收款台。您随份子的时候一定得注意旁边的结婚照,看看新郎、新娘您认识不认识。

有位相声演员去随份子就出错儿了。他认识新郎的母亲,也不知道新郎长什么样儿,也忘了问新郎姓什么了。到大厅门口儿交完钱,进大厅一看,一个人也不认识。

新郎正敬酒呢,一瞧进来位相声演员,赶紧迎上来了。相声演员一问才知道,随错份子了,他参加那婚礼在楼上。

新郎要把钱退给他,这位演员挺局气,"给出去的红包哪儿有往回收的呀?这说明咱有缘,我也沾沾喜气。"说完这话上楼了。

他正在楼上喝喜酒呢,新郎提着两瓶茅台,拿着两条软中华还礼来啦,这些东西的价格比那份子钱多出好几倍。

这就是仗义人遇见仗义人啦!

宴请

宴请的形式一般有宴会、招待会、茶会、工作进餐等。参加宴请一定要注意着装,准时出席,否则在一群人的注视下入座,会特别尴尬。

但是也别去得太早,因为很可能对赴宴的宾客不熟悉,你去早了,还有几位也去早了,谁也不认识谁,坐在一起大眼儿瞪小眼儿，非常尴尬。再说了，参加宴会一般都有点儿拘束，提前去了，提前受拘束，不是给自己找罪受吗？最好的办法就是提前到酒店附近，找个咖啡厅喝点儿东西，看时间差不多再去赴约。

如果是参加很正式的宴会，去之前可以先在家煮点儿面条垫补点儿肚子。比如，一些偏西式的宴会菜品一般都是少而精，经看不经吃。而且去了之后，不是自己发言就是得听人家说话，能腾出吃饭的时间不多。事先吃点儿垫底儿，省得在餐桌上总想寻找机会偷嘴吃。

主办者安排座次的时候，第一次安排给你的地方一定不要坐，这多半儿是客套，其实你该坐哪儿他心里早就有数儿了。大伙互相谦让，你可以躲在一旁等着。直到比你有身份的人全都坐好了，这时候安排给你的座位，你就可以坦然地坐下了。

吃饭的时候一定要明白自己在这场宴会中的角色。是主要被宴请者，还是请来陪客的，或者是请来陪酒的。

如果你是主要被宴请者，那么一定要多说话，说少了别人认为你端架子。假如你是陪客，那就多倾听，说多了怕搅和人家的正事儿。

假如你是负责陪酒的，那就端着分酒器，站到每位宾客的身边敬酒。然后再提议"拎壶冲"一回（就是直接拿分酒器往嘴里倒）。这时候你可以闹腾一点儿，因为办宴会的主人就是让你来活跃气氛的，把交给你的任务完成好，就会增加自己的人气指数。

但是也要注意一点，喝酒要喝得恰到好处。给别人感觉你已经有点儿喝多了，其实那种状态是表演出来的，你心里明白得很。你的任务是替主人家把客人陪高兴了，你要真喝多了，折腾起来没完，那就抢戏了。

如果赶上被邀请者海量，没完没了地敬你酒，你觉着自己不行了，可以偷着上洗手间吐一下儿。千万别把分酒器中的酒换成矿泉水，被人发现了，客人会对你极其鄙视。

你可以跟服务员要一大杯矿泉水放到一旁，喝酒的时候不咽下去，在腮帮子里存着，然后假装喝水吐到大杯里。但是要注意，不要喝完酒马上端水杯，得让酒在嘴里存一会儿，最好再说两句话，让客人以为你真咽下去了，再端水杯往里吐。

嘴里含着酒说话的时候一定要吐字清晰，这是一门功夫，平常在家可以多练练。大杯子里的矿泉水可以趁人不注意的时候，偷着往桌子下边撒点儿，别让人瞧着水杯里的"酒"怎么越喝越多。

借钱的艺术

估计很多人都遭遇过借钱这种事,其差别在于数目有多有少。我的感觉是,朋友之间,什么时候一方吐露出"借钱"二字,缘分也就差不多了。不借给他心里是个结,借了总惦记对方什么时候还。想催着对方还会不好意思,不催心里又怨恨。百爪挠心,千头万绪,卧之不安,食之无味,别有滋味在心头。

儿时父辈之间也有借钱之事发生,但是很少尴尬。被借一方只要有闲钱,大多乐意帮忙。那时候人们不富裕,每家收入不多,都是量入而出,挣多少钱过多少钱的日子。全靠家庭主妇们精打细算,每月工资下来,买多少油、多少盐都有严格的预算,一般不会花亏了。真要借钱,那就是真遇到事儿了。比如父母生病住院了,孩子考大学了等等。那时候的人讲信誉,借钱的时候就想一定要还上,每个月从牙缝里挤出来点儿,到日子攒够了就把钱还上。

零打碎敲

有这么一种人,跟人借钱时不会狮子大张口,不会动不动就要上万,而是

三十、五十、一百、二百地借，不分时间，不拘场合，随时随地开口，令人防不胜防，让你想不出拒绝的理由。

比如，半路偶遇，"方哥，正好儿遇见您，我忘带钱包了，借我一百块钱打车。"你能说什么？我也没带？哪儿那么巧呀！乖乖掏钱吧。临走给你撂下一句："明天就还您。"第二天你好意思上人家里要去吗？"你昨天欠我一百块钱，该还我了。"这也太不开眼了。下回在某个场合相遇了，人家跟你谈笑风生，借钱这事儿好像根本没发生过。你看人家这么坦然，自己总惦记那一百块钱，搞得自己有点儿小气似的。你看人家多具备"大家风范"，根本没把那一百块钱放在心上，人家早就忘了。

这种人可不只跟你一个人借，到处撒网，网网有鱼。跟张三借二百，跟李四借一百，积少成多，集腋成裘，一个月下来也不少哪。工资留着买大件东西用，平常基本靠借钱过日子。也有那不开眼的债主儿，非追着人家要那点儿钱，人家把钱扔给你，再甩出一句不冷不热的话："这点儿钱我都忘了。"结果难堪的是要账的那位。

纵欲擒故

还有一种借钱的方法，分几步进行，数目一回比一回大，层层深入，诱你上钩。先跟你借个三千、五千的，你一想，也不算太多，即便真不还了损失也不算惨重，别因为这点儿钱耽误交情，就借给他了。人家真讲信用，说好了一个月还，半个月就把钱送来了，弄得你心里直忏悔，当初的担心太多余了，真是"以小人之心度君子之腹"。

过两天又找你来了，"又缺钱了，跟别人借吧，关系不到，还让人多心。您最了解我呀，知道我不是借钱不还的人，所以还得找您。不多，一万。"你一想，人家没把自己当外人，咱关键时刻也别掉链子呀，乖乖掏钱吧。

说好两个月还，又是一个月还给你的。这回还多给你五百，"这算利息。"你哪好意思要呀，人家跟打架似的，死活往你兜里塞，你只能接受。事情过去之后埋怨自己："我办的这叫什么事儿呀，跟黄世仁似的，放上高利贷了。"

第三次找你借钱，这回可就是个大数儿了。人家说好了，不白用你这钱，给你算利息，比银行利息还高。打过两回交道了，你绝对不会怀疑对方的人品，又得人缘儿又赚利息，何乐而不为呢？于是乖乖把钱拿给人家。

这回跟前两回可不一样了，说好了三个月还，一个半月的时候没见动静，三个月的时候不见人影儿。打个电话吧，不好意思提钱的事儿，你不提人家也不提，"最近怎么样……那什么我也挺好的……没什么事儿……您忙哪……回头再聊。"没提钱的事儿就挂了。你还安慰自己呢："人家可能遇上点儿难处，咱别催得太紧。"

过了半年还没信儿，这回真坐不住了。"兄弟，那钱什么时候还呀？"对方不高兴了："不就那点儿钱嘛，您着什么急呀？""你不是说好了三个月……""多一天给您一天的利息，又不跟您白借。"这答复，弄你一个大红脸。

这回甭说利息了，连本儿都回不来了。

道貌岸然

还有一种人,在社会上有一定的地位,家大业大,从哪方面看都不像借钱不还的人。跟你借钱的时候明确地告诉你,他根本不缺钱,但是钱都投资了,要么说上外国买海岛了,所以手头儿空了,跟你借五万块当零花钱。你一听人家这派头,借五万当零花钱!你用脚趾头想,都没想到过这个人能借钱不还。你甚至想啊,他跟我借钱是看得起我,以后少不了求人家帮忙啊!于是屁颠儿屁颠儿地给人家打钱。

一年过去了,钱还没信儿。催催吧,人家告诉你了:"抱歉抱歉,这两天参加一个会,忙着发言稿,明天给你。"又过去一个月,再催:"出国考察哪,后天回国,回去就还你。"人家日理万机,你这点儿钱催得已经耽误人家处理"世界大事"了。

以这种人的身份,最后绝对不会不还你,但是绝对不会那么痛快。今天三千,明天一万,跟前列腺炎犯了似的,一点儿一点儿往外滴答。虽然最后钱一分不少,但是你为这事损失的脑细胞没人还你呀。

这种人还真不是赖账的人,但是排场铺得太大,手头难免拮据。不像你所想象的,身上有花不完的钱。

先赔后赚

这也是一种借钱的方法,就跟钓鱼一样,想钓大鱼,先得准备诱饵。

我在酒桌上认识个朋友段总，人很仗义，动不动就请大伙吃饭、搓澡、唱歌。请得我都不好意思了，我来掏钱结账吧，人家死活不让。这种活动持续了一年多，现在分析起来，段总是想放长线，钓大鱼。

"大鱼"真的来了。我给黑龙江《本山快乐营》写剧本挣了几十万，跟段总喝酒吹牛说出了此事。没过两天，段总电话过来了："账面需要周转，用几十万充一下账，几天就还。"我痛痛快快地把血汗钱给他，结果可想而知。

后来才知道，段总在老家就已经欠了很多钱，为躲债两手空空逃到北京。白手起家，在北京买了房子、车子，还开起了公司，其实都是借钱操办的，已经欠了两百多万外债。我认识一个出租车公司的老板，肯定不是傻人吧？被段总借走一百多万。演出商张总，被段总借走十万。这位段总高就高在，借走你的钱还不上，还不让你恨他，还能跟你坐在一张桌子上吃饭。张总找他要账没要回来，又给了他五百零花钱。

我这钱真是血汗钱呀，顾不得面子了，把他臭骂一顿，逼着他写了欠条。其实形同废纸，他在北京还骗了个媳妇儿，房子已经划到媳妇儿名下了，俩人办了离婚手续。他的车子也被人开走抵债了，名下什么都没有，法院拿他也没辙。这属于民间借贷，也不负法律责任。

后来的几个月，我的主要工作就是追债，听到他在哪儿出现，就过去堵截，让他把身上的钱拿出来还我。后来我找个哥们儿天天跟着他，逼着他到处找钱还我……

功夫不负有心人，总算让我要回来十几万。后来老段因为犯事被公安局抓起来判刑十五年，我剩下的账也就泡汤了。

现在有人跟我借钱，我如果借给他，那就是做好了要不回来的准备。跟这个人的交情到了，或者以后用得着这个人，那就算要不回来也不冤。要是借钱这人跟我关系一般，但是看样子他真需要钱，那就采取这种办法，你不是跟我借两万吗？手头就有两千，你拿着花去吧，不用你还。这样能把损失降到最低。

七八年前，有个小编剧跟我借钱，我就采取这种办法，给了他一千。此后杳无音讯，前两天他打电话要还我这一千块，难道是这么长时间过去了，突然觉着不还不合适了？

这两天又有好朋友跟我借钱，我这人脸皮薄，不好意思拒绝，就编瞎话说自己在外地呢。现在我一听他来电话心里就哆嗦，怕是他问我回来没有。我招谁惹谁了？

所以说以后您遇上借钱的，不想借给他就直接拒绝，省得自己难受。关键问题是，有些时候，"不借"两个字还真说不出口。

理想会变成现实

我的理想

《我的理想》很多人小时候都写过这类作文,我也写过。

我们小时候,大部分女生的理想是做一名"人类灵魂的工程师"。因为觉得女生适合当老师,所以都说长大了要像我们老师一样,教书育人。都当老师了,哪儿找生源去呀?仨老师带一个学生,还让不让学生活了?

男生的理想五花八门,想当解放军的,想当农民的,想当工程师的,想当淘粪工的,想当飞行员的……

我小时候真正的理想,就是取缔学校,让老师都失业,我们也不用上学了。

如今五十岁了,要是还让我写这篇作文,我的理想是什么呢?告诉您吧,我的理想是当个"酒腻子"。

"酒腻子"是句北京方言,就是甭管有没有酒局,在不在饭桌上,想起来就整两口儿。外国人没事儿也来杯葡萄酒,但那不算酒腻子。因为人家喝酒是为提神,不为喝醉。

酒腻子只有两种生活状态——睡觉、

喝醉。

　　酒腻子喝酒不挑下酒菜儿，西红柿、果丹皮、口香糖、狗粮豆儿……实在不行拿啤酒下白酒也行。小时候胡同儿里有这样的老头儿，喝酒搁一碟子盐，手指头蘸咸盐就二锅头。胡同里还有更神奇的老头儿，拿铁钉子就白酒。您别害怕，不是吃钉子，是舔钉子。新钉子还不行，没咸味儿，得是生锈的钉子。

　　酒腻子喝酒也不分场合，在大街上走着走着，感觉酒劲儿过去了，飘飘欲仙的感觉没了，从兜里掏出小酒瓶儿，"咕咚咕咚"灌下去几大口。胃里不烧得慌吗？岂止是胃里呀，从肠子开始往上返。这时候就看功夫了，要是吐出来这几口酒可就浪费了。必须得憋住气，连续做吞咽动作，让这翻江倒海的感觉过去，过去之后就是一片晴天，浑身上下，从头到脚趾头都透着那舒服。

　　那种感觉只有酒腻子才能描写得如此之生动，如此之细腻，如此之传神。

　　我曾经做过短期的酒腻子。您听着新鲜吧？有短期出家的，短期结婚的，还有短期做酒腻子的？

　　我也想做长期的酒腻子，但这可不是想当就能当的，长期酒腻子的门槛儿相当高。

　　首先，你肝功能得好。刚当两年，患肝癌死了，不值当。

　　其次，你酒品得好。喝多了就"闹酒炸"，满大街找碴儿打架，那样儿的话，不是让人打死，就是把人打死挨枪子儿，怎么都活不了。

　　再次，酒腻子还得有适合的工作。出租车司机能当酒腻子吗？那不是找死嘛！最好是自己当老板，比如自己做点儿小生意，开小饭馆儿啦，开小卖部啦，喝酒对这类工作影响不大。

　　说到这儿您一定会笑话我，理想是当酒腻子？瞧你那点儿出息。您可别小瞧酒腻子，李白、陶渊明、怀素……这不都是酒腻子吗？喝酒也没影响他们成为大家。

　　王羲之喝醉写出的《兰亭序》是神来之笔，清醒的时候重写，神就没来！要是没有酒，学行书的人就没有那么好的字帖可用了！人民大会堂那幅《江山如此多娇》，是傅抱石喝多了画出来的，喝的那瓶茅台还是周总理特批的呢！当然了，也有没喝酒的关山月先生的功劳。

　　当然了，我跟人家大师比不了。人家喝多了能写东西，我喝多了什么也写不出来，上台演出嘴都不利索，所以我只能当短期酒的腻子。忙的时候憋着不喝，赶上这段时间没什么事儿了，那就过几天醉里乾坤的生活！

　　等喝得浑身难受了，喝不动了，赶紧把酒停了，养几天身体，再重新开始。

　　我的理想是当一个长期的酒腻子，早晨起来一睁眼，躺被窝儿里就喝两口儿，喝得浑身微热，再起来刷牙漱口。然后揣着小酒瓶子上街，找个早点摊儿，来一个烧饼夹荷包蛋，来一碗馄饨，再顺下去三两酒。

　　这时候开始在胡同里溜达，脑子里什么烦恼事儿都没有，看对面过来的哪个人都跟看见情人似的。甭管认识不认识，都冲人点头儿乐一下。

　　一直晃悠到中午，来到自己的饭馆儿。我跟丁大个、大伯、白云海几个酒友合伙开了个饭馆儿，老北京风格的，卖点儿北京小吃，炸灌肠、爆肚儿、炒肝儿、茶汤这些，玻璃柜台里摆着几样凉菜，主食是炸酱面。

　　我们几个人坐在大堂连喝带聊，我们不上包房——憋得慌。大堂多热闹呀，甭管认识不认识，都能聊两句。喝得差不多了，回家睡午觉。

　　睡到下午四点多钟醒了，口干舌燥的，打开冰箱拿瓶凉啤酒，一口气喝下去，立马神清气爽。溜达到我们合伙开那饭馆儿，要是春秋两季不冷不热的时候，我们几个人把桌子抬到外面，小酒闷着。看着下班拥堵的车辆，熙熙攘攘的人流，享受着北京城浓郁的生活气息。一直喝到天黑，再迷迷糊糊地回家睡觉。

　　说到这儿我得强调一句，这饭馆儿是我理想当中的饭馆儿，现实生活中可没有。

　　估计这种理想永远不可能变成现实了。首先我身体不允许，喝不了两天痛风犯了，就得在床上躺一个礼拜。还有一个重要的原因，我媳妇儿不干。

　　那么我的另一个理想就是——啥也不干！

　　十年前，为了写剧本，我专门在北京胡同的大杂院租了间平房住。说是体验生活纯属唱高调，主要是想重温一下老北京市井的气氛。

我们院儿住着两位吃低保的哥们儿，一位四十多岁，一位才二十多岁。低保就是最低生活保障，一个月多少钱我不知道，反正吃饭穿衣够了，上歌厅、泡酒吧甭想。

就算一分钱不用花，吃低保的人也不去歌厅、酒吧。一是感觉闹得慌，二是觉着同样的酒水一下儿贵了好多倍，那不是挨宰吗？他们管这种行为叫"冤大头"。还不如上门口儿的小卖部买瓶凉啤酒，站电线杆子底下一边闲聊，一边对着瓶儿吹呢。

吃低保的人不用上班，所以有的是时间闲聊。您别看他们没工作，绝对不会自卑，胡同里也没人小瞧他们，倒是有很多人羡慕他们活得滋润，为自己没有资格吃低保而遗憾。

他们大多没有儿女和老人的拖累，一个人或两个人吃饱了全家不饿。他们住的地方大多在市中心，您周末忍受着堵车的痛苦才能去一趟的地方，人家吃饱了溜达溜达就能到。

他们没有生活负担，也没有大的欲望，"三个饱儿，一个倒儿"足矣。他们也有"理想"，那就是赶上拆迁，就地上楼分个大单元，再分它个几百万。

他们看病有医保，自己花不了多少钱。真正需要花几十万的病，他们认为也没必要浪费钱了，自生自灭，索性连医院都不去了，省下钱来买点儿肉吃。

其实实现这个理想很容易，但是我绝对不会让这个理想变为现实。有些"理想"是想起来好玩儿，实现了就没意思啦！

自行车

现在有了共享单车，一般人家都不买自行车了。但是很多老年人还是想拥有一辆自己的自行车。不是不会扫码，是有自行车情结。

在我小的时候，也就是20世纪七八十年代，未婚男青年要是准备好了"三转一响"，保准有一堆姑娘在后边追着你。

何谓"三转一响"？"三转"者，自行车、手表、缝纫机也；"一响"者，收音机也。飞鸽、凤凰是两大自行车品牌，相当于现在汽车中的奔驰、宝马，不过在当时光有钱你也不一定能买得着，还得有票儿。

新车买回去先得加装保护措施，大梁跟车把缠上塑料胶带，脚蹬子跟座子套上橡胶套儿，就连铃铛盖儿都得弄个铁卡子给固定好了，因为有人专门偷那玩意儿。其实偷回去也没用，那年头孩子实在没东西可玩儿，只能搞点儿恶作剧寻求欢乐。

前一阵北京奥运村地下通道飙车案件影响挺大，我们小时候的富二代也飙车，不过飙的都是自行车。几个半大小子骑着自行车，脖子上挎着军挎（一种军绿色书包），从马路上呼啸而过，是再潇洒不过的事情。

有时候军挎里面装的不是书本，而是板儿砖。骑车找到仇家，把车子往路边一扔，掏出板砖扔过去，直打得仇家满脸是血，倒地不起。然后快速扶起自行车，自行车就好比关公的赤兔马，我们几个飞身上车离去。

我从五六岁就骑父母的自行车。那车的后支架支好后，后轱辘是腾空的，我坐在座子上，欠着脚尖蹬得车轮飞转，车子还一动不动。

大概在八九岁，我就能骑自行车在胡同里窜了。那时候腿短，只能把一条腿从大梁下面跨过去，蹲着骑。所以骑不了直线，基本上是原地转圈儿。

我高中考上了区重点，离家比较远，妈妈把家里那辆旧车给了我，供我上下学用。离学校不远有个修车摊儿，修车师傅五十多岁，又矮又瘦，听口音好像是南方人。我的车胎扎了就在他那儿补，补一次五毛钱。他挺会做生意，对学生很关照。

后来发现问题了，班上骑自行车的同学总在骑到学校门口儿车胎就被扎了。大家在路边寻找，找到了不少图钉儿。我们终于明白了，这是修车师傅布下的陷阱。

同学们找到修车师傅吵了一架，他死活不承认钉子是他撒的。不过从那儿之后，我们的车子很少被扎了。

那时候偷自行车的人挺多，车子放在楼下不放心，家里地方小又没处搁，人们只能把车子搬到楼道里。早晨起来经常发现气门芯儿被人拔了，因为有人嫌自行车搁楼道里碍事儿。

中学时期我已经开始说相声了，经常跟随着草台班子到郊区演出。只要车程在四个小时以内的，我都是骑车去，虽然距离有个百十公里，但在当时感觉已经很近了。

我曾经骑车沿着朝阳路到过通州。通州的饭馆儿门脸还是绿色木头门窗,是我们小时候见过的样子,感觉很亲切。饭馆的饺子用四方铁盘子盛着,量大味道香,我现在想起来还流口水。

我还骑车到过门头沟。骑行在山间公路上,望着两旁的青山,仿佛到了世外桃源。城子水库水面开阔,让人心旷神怡。旁边开着的三家店还都是老旧的平房,青砖灰瓦,屋舍俨然,但是那里的人生活得安详、自在。

我还骑车到过玉泉山。骑行在山下窄小的公路上,迎着夕阳,顶着凉风,忽然想起一句小令——"古道西风瘦马,夕阳西下,断肠人在天涯"。为啥断肠呢?因为那时候想说相声,又找不到文艺团体接收。

那时候自行车不但可以用来代步,还可以拿来赚钱。不少农村人进城做生意,卖点儿老家的土特产,都是用自行车带货。车后头挎两个铁筐,里面装着白薯、老玉米、鸡鸭什么的。从河北过来,少说要骑一百里地,还得带几百斤货,没个好体力真的不行。

他们的自行车外观很破旧,车架子的油漆早就掉了,全是铁锈。但是焊得非常结实,因为得驮重物,要是坏在半道儿就麻烦了。

我见过一个卖货的农民,自行车轱辘的挡板都没了,就这样骑。他那车也没有车闸,遇上警察拦他,便用鞋底子蹭车轱辘停车。他穿的是拖鞋,这一蹭,拖鞋飞出去老远。警察来一句:"快把你那闸皮捡回来。"

的哥趣谈

如今街上很少见亮着"空车"绿灯字样的出租车了，都在网上接活儿，用不着压马路了，打车的、开车的都方便多啦！在没有网约车的年代，很多城市打车难。商业区有很多等车的人，出现一辆空车，一堆人蜂拥而上，争抢车门儿把手，十分考验打车人的身体素质。就算打到车了，也不是轻轻松松就能到家的，司机会拉上顺路的客人。有时候不那么顺路，你就得跟着司机四处转悠。有意见下车，人家还不伺候了。问题是下车真打不着车，只能忍气吞声。

记得我第一次见到出租车是在四五岁的时候。同院邻居病愈出院，从医院叫了辆出租车送到院子门口。车子是黑色的，窗户上有纱帘儿。妈妈跟着去接病人，感觉她从车上下来的时候很帅。下车之后妈妈还跟司机要票，司机从票夹子上扯下来两张交给她。

1994年从部队复员之后，手头宽裕了些，偶尔奢侈一把，也会打车。坐在出租车里那感受，真没坐公交车舒服。眼睛紧紧地盯着计价器，每蹦一个字心头就缩紧一些。脑子里飞速运转，盘算司机是不是给自己绕路了。赶上堵车，车不动计价器动，那更是追悔莫及，恨自己为什么不坐公交车。

后来有了黄色"面的"，大大方便了北京市民。十公里之内十块钱，堵车不蹦字儿，确实挺便宜。超过十公里就不是一块钱一公里了，好像变成了一公里一块六。所以我那时候打"面的"，眼看着表蹦到九点九公里了，交钱下车，再换一辆。

有一回下了车，又打了一辆"面的"，上车之后愣住了，还是刚才那个司机。刚才我下车之后，他开到前面掉了个头，又开回来了。我们两个人心照不宣，都明白怎么回事儿，当时我那叫一个尴尬，这一路一句话都没说，到地方赶紧交钱逃走。没过几年，"面的"就停运了。

北京跟上海的风土人情有很大的差异，这点从"的哥"身上就能体现出来，要不管"的哥"叫"都市名片"哪。上海的"的哥"彬彬有礼，北京的"的哥"热情爽快。当然了，哪儿都有不合格的"的哥"。

有一回我到南方某大城市打车，说出要去的地名，司机连看都不看我一眼，开车就走。到了地方给钱下车，他还是没抬眼皮，让人感觉很冷漠。其实人家做得也没错儿，把客人送到地方就行了，说那么多话干吗呀？客人兴许嫌烦呢。

北京也有个别"的哥"，号称"京都神侃"，甭管客人爱听不爱听，自顾自地说起来没完。赶上有一肚子牢骚的司机，你坐他车还得听他骂街，虽说没骂您，听着也别扭呀。

我还遇到过一个爱抬杠的司机。上车之后我们俩也不知怎么就聊到了摔跤，我跟北京摔跤界的人也挺熟，就跟他提了几个人。我说一个，这"的哥"骂一个，"他算什么呀？跟我哥们儿比差远了。"

说得我这脸上实在挂不住了，我当时身体还算强壮，也学过那么两下，初生牛犊不怕虎，我跟司机说："你拉我找你那哥们儿，我跟他比画比画去。"估计司机就不认识会摔跤的人,跟我说了,"我还得拉活哪,没工夫。"我说:"车钱我照付!"

这哥们傻眼了,想求我下车吧,又磨不开面子。于是开车带着我四九城地兜圈子,找会摔跤的人。我那时候也没什么正经事儿,就跟着他满北京城跑。后来他上了京通高速,一边开车一边假装打电话,意思是让那边多准备几个人,好好教训教训我。我已经看出来了,他这是吓唬我呢,我根本不带怵的。

这哥们儿开车带我进了一个空院子,他说进屋去找人,把我一个人留在车上。估计他是想给我机会让我逃跑,我铁了心了,今天就要较这个劲,就算挨顿揍也不跑。过了十分钟那哥们儿从屋里出来了。我弄明白了,那是他们出租公司,他进去求援,没人帮他。

他又开车拉我回了城里。这回他用上了苦肉计,用话激我,想让我动手打他。我才不干那傻事呢,打他我就违法了。车走到长安街上,警察把我们给拦住了。原来他实在不知道怎么对付我了,偷着用车上的报警装备报了警。

警察把我请下车,这场持久战才算结束。人家警察了解完情况,也没让我给车钱,还帮我拦了辆车。那哥们儿只能认倒霉,两百多块钱的活儿白拉了。

有句老话儿叫"顺情说好话",这绝不是教人油滑。该较真儿的地方一定要较真儿,但是像我跟那出租车司机似的,谁也不认识谁,为挨不着的事儿抬杠,就太没有必要了。

如果我们俩说话的时候都照顾着对方的感受,"的哥"不至于一下午一分钱没挣着,我也不至于几个小时窝在出租车里。

这叫什么呀？就叫吃饱了撑的。

也搭着那时候年轻气盛。现在遇到态度不好的"的哥"，我才不跟他计较呢，真动手也打不过人家呀！现在混得脸熟了，很多司机都能认出我来，聊得跟一家人似的。

有一回打车还碰到个快板儿爱好者，车上放着竹板儿，等活儿的时候就拿出来打两下儿。我抄起竹板给他示范开了，马路上所有司机的目光都聚集到我们这辆车上，因为快板儿声传出好远。

开车记

大概在1995年左右，我还没钱买车，但是又想体验有车族的生活。怎么办呢？租车。租的是夏利，二百块钱一天。

决定第二天租车了，头天先养精蓄锐，在家睡一天觉，第二天一早把车领到手，基本上这二十四个小时里，就睡四五个小时，其他时间都在路上跑。一天二百块钱租金呢，不能让这车歇着。

租的车都是手动挡，我驾驶技术不行，所以付强开车我坐车。租好车之后，先拉着父母上天安门转一圈儿。老人活这么大岁数也没坐小汽车走过长安街呀，虽然坐的是夏利，但是当时感觉不到车的档次低，他们只是由衷地感叹："生活好了，能坐上小汽车了，这辈子算值了！"

不爱开口的父亲提出了要求："能不能围着天安门广场多绕两圈儿？"我痛快地答道："车子现在就是咱家的，想绕几圈儿绕几圈儿。"

车子围着天安门广场转圈儿,父亲给我们讲述着他在20世纪50年代刚来北京参观天安门的情景,讲述着他作为职工代表参观人民大会堂的情景,他偷着来天安门听人们朗诵诗歌的情景……

从他那幸福的眼神中可以看出来,他已经深深地陷入了对过去美好时光的回忆中。

晚上开车去酒吧。得找酒吧门口儿有停车位的,酒吧里面的人能从大玻璃那看到停车位。在服务生和其他客人的注视之下,停好车步入酒吧,感觉倍儿爽。

现在开辆夏利去酒吧,得找个没人的地方停,生怕别人看见。那年头儿甭管你开什么车,只要你有辆四个轱辘的车,就感觉比别人牛。进酒吧之后,不知道是心理作用还是真就那样儿,感觉服务员、客人看你的眼神里都充满了崇敬。

我这人粗心大意,租完车却记不住车的模样了。有一回上饭馆儿吃饭,吃到半道我跟付强要了车钥匙,去租来的车里找东西。打开车门儿,在车里翻来翻去,感觉有点儿不对劲儿。一回头,看见一个美女怯生生地站在我身后,瞪着大眼睛惊恐地看着我。

"大哥,我车里没钱。"

我买的第一辆车是白色两厢夏利,1.0排量的。那是在2000年左右,写剧本挣了六万多块钱。当时的心已经野了,租车开觉得不过瘾了,一看这稿费正好够买一辆夏利,毫不犹豫地买了下来。

那时候我在燕山石化上班,燕化当时是全北京工资最高的国企,普通职工全年收入也就三万多块钱,我这辆车相当于一个普通职工两年的工资。

现在看这辆车挺小,那时候看着它跟奔驰、宝马没什么区别。那年头私家车还不普及,只要你有辆车,甭管什么牌子,在朋友中就是大款。

买完车才想起来,自己还没驾照呢,所以我这辆车大部分时间是搭档付强充当司机。有了这辆车,北京城瞬间变小了。以前活动范围就是城区几个主要的商业街、餐饮中心,有车之后,什么犄角旮旯、偏远地区,只要听说有好吃的、好玩儿的,开车就走。

那时候我正跟廉老师一起写剧本,这辆车拉着我们开研讨会、签合同,为提高工作效率,立下了"悍马"的功劳。

当然了,主要还是开着车跟付强一起去参加各种朋友聚会,一半儿是为吃饭喝酒,一半儿是向朋友显摆自己的车。

偶尔赶上车流量小的路段,我这"非司机"技痒难熬,也会铤而走险,违章驾驶一回(当然,这是不可取的)。那时候我住在鲁谷,有一回开到长安街那个路口儿,有个红绿灯,又是上坡儿。开过手动挡的司机都知道,"坡起"是一大技术难关。连着好几个绿灯,我这车死活打不着,后边的汽车喇叭声响成一片。

警察就在马路边看着我呢,他要是上来一问,知道我"无照驾驶",那可就瞎啦!越紧张越打不着火,急出一脑门子汗。妈呀，警察过来了。

"哥们儿，红灯、绿灯、黄灯都不走，你这儿等黑灯哪？下车！"

这回全完啦！我下了车，警察上车轻松地打着火，把我的车开到路边，下了车。我跟过去，笔管条直地站着，等候处理。"看什么呀，还不赶紧走？"我恍然大悟，开车逃之夭夭。"虎口脱险"之后没两天，我就到老山驾校报名学车了。

后来开着车去过几回外地，一跑高速，明显地感觉到车子太小了。旁边有大车呼啸而过，我们这夏利就一"哆嗦"。我那时候玩心正大，总想着自驾游，所以决心攒钱买辆SUV。

从打决定换车那天起，我就开始研究各款车型。上网查资料，跟有车族咨询。后来发现，一人一个主意，说哪种车好的都有。于是又跑车市，那时候我住华严北里，离亚运村车市不远，隔三岔五就去一趟。

最开始人家对我挺热情，又是介绍又是发资料，主动打开车门让我坐上去感受。后来再去就没人理我了，都认识我了，知道这光头光打听不买。

又一笔稿费下来，最终我决定买一辆本田CR-V。全办下来二十六万，那是在2006年，对我来说也不是笔小数目，所以出手相当谨慎。买车那天，光哥们儿就去了十几个，买完车吃饭摆了两桌。

这些人没一个白吃饭的，有老司机，有对车型有研究的，有砍价水平高的，有在这个4S店有熟人的……挑车整整用了一下午的时间。

提一辆新车，各路人马一起上阵，有试驾的，有听发动机声音的，有检查外观的，还有趴在地上往车底下看的，不知道是干吗呢。

挑来挑去，好不容易选中一辆，刚要说"就是它啦！""等会儿！"一个哥们又发现问题了，这车的车身子弧线不够流畅，再换一辆！卖车的都快哭了，"买车的人要是都跟你们这样，就把我们累死了。"

就这样，一直到这家店马上要关门了，这才选中一辆办手续。要是还有时间，估计还得挑呢！因为出主意的人太多，我耳朵根子又软，谁的话都信。

这辆蓝色本田在当时可是很拉风的，跟刚开始开白色夏利那感觉差不多。为了和车型匹配，我买了身迷彩服，还打了耳洞戴了耳钉，只要风不是特大就开着车窗，为的就是吸引眼球。

既然是越野车，那就得"越野"呀！开着车上永定河的河滩上疯跑了一回，差点儿把自己尾骨晃骨折喽。回家傻眼了，车轴折了，修车花了一千多块。人家说了，这是城市越野车，长相是越野车的模样，骨子就是轿车，根本不能越野。

如今自己不开车了，只管坐车。买了辆别克GL8，这种车宽敞，拍戏的间隙还能在里头躺会儿，感觉不憋屈。别瞧四十万不到，但是开到哪儿都不丢人。有时候人家还会说："方老师这车真低调。"我笑而不语，心中暗想："我倒想高调呢，有钱吗？"

手机发展史

找我合影的美女观众,拍完照片经常说:"我妈妈可喜欢你啦!""我姥姥可喜欢你啦!"很少说:"我可喜欢你啦!"怕把自己说老啦!其实我的段子老少皆宜,年轻人听也不丢人。但是我也不得不承认,我跟年轻人有"代河",比代沟还难以逾越。

他们是玩着电脑、手机长大的,我是听着收音机长大的。现在几岁的孩子就会用手机跟妈妈视频聊天,在我们小时候,小明跟妈妈打视频电话,那是科幻小说里的情节。现在八十岁大妈都会用美颜加瘦脸来张自拍,拍出来跟黄花闺女似的。我们小时候拍张照片,那可是大事儿。

那时候很少有人家里有照相机,得坐公共汽车到照相馆去拍。拍之前洗澡理发,穿上新衣服,然后到照相馆挂号。那时候拍照的人多,得挂号排队。轮到你拍了,往小黑屋一走,就跟病人进了手术室一样,紧张得不行。手脚都不知道放哪儿,得让摄影师给你摆姿势,"脸往左侧侧,脖子往右扭扭,笑一笑。"谁还笑得出来呀?摄影师有办法,不知从哪儿,突然拿出个布娃娃来。现在的孩子看见这东西不可能笑啊,我们小时候见得少,被逗得一咧嘴,人家一按快门儿,拍完啦!

那时候普遍拍的都是黑白照片,可以花点儿钱,让照相馆洗完照片给上点儿颜色,变成彩色的。染个红脸蛋,再染个绿上衣,往墙上一挂,怎么看怎么别扭。

现在人人都离不开手机。在我们小时候,大领导家里才有电话哪。一条胡同就一个公用电话,一般都设在居委会或者杂货店,四分钱打三分钟。你去那儿打一回电话,过不了半天,电话内容全胡同都知道了。看电话的大妈负责免费传播:"一号儿院张小红刚才打电话来的,那边是个男的,都结婚了,媳妇儿叫李大花。""您连那边是谁都知道?""她拨电话的时候,我把号码记住啦。她走之后,我打过去,问了那边看电话的。"那年头,很多大妈都有当特务的天赋。

有人打电话找你也行,"您给我找一下一号院的张小红。"大妈负责传呼,从胡同这头跑到那头,站在一号院儿门口喊:"张小红,接电话去。"张小红给大妈四分钱传呼费,跑到居委会接电话。院里要是回一声:"张小红不在。"大妈这趟白跑,四分钱挣不着啦。

有时候不用叫对方来回电话,大妈给带个话就行,也是四分钱。"您给一号院张小红说一声儿,我是李大花,她再勾搭我老公,我抽她!"大妈来到一号院门口儿:"张小红,你再勾李大花她老公,我抽你。"张小红出来了:"我先抽你吧!"俩人打起来啦!大妈忘了自己只是传电话啦!

1982年,北京开始有了公用电话亭,不用担心看电话的人偷听啦。打电话投币,运气好会赶上机器出错,打完一个电话,一挂电话,掉出一堆硬币。还有那发明家,找个硬币打个洞,拴根儿钓鱼的线。打完电话,再把硬币拽出来,下回接着用。郑重声明,我只是听说过,没试验过。

1987年,大哥大进入了中国市场。那是身份和地位的象征,出门儿拿个大哥大,就算长得跟武大郎似的,身后头也有一帮美女追着。有人为了充门面,买个玩具大哥大,去谈生意的时候假装打着电话进屋,"放心吧,那两千吨钢材马上发货。"人家一瞧,"您耳音够好的,听筒冲外都能听见。"原来不留神把电话拿反啦。

1996年出现了小灵通,话费极其便宜,就是信号不好。打电话的时候得找位置,所以那阵儿街上经常能看到,有人站在垃圾桶上打电话,有人蹲在房顶拿电话聊天。

这些事儿距离我们已经很遥远了,如今手机已经从身份的象征,变成寻常百姓生活的必需品啦。儿时的很多幻想,比如电视电话、机器人之类,如今都已变成现实。我们今天的幻想,像什么长生不老呀、月球住宅小区呀,将来会不会也变成现实呢?

变不变无所谓,反正地球毁灭的幻想,别变成现实。

相声画儿

我的业余爱好有两样儿，一个是唱京剧，一个是练习书画。

小时候，我可以说是先喜欢的京剧，后喜欢的相声。说来也奇怪，我家里没有任何一个人跟艺术有一点儿关系，身边的街坊、朋友也没有一个懂京剧的，但是我从八九岁就迷恋京剧。

那时候有《北京广播电视报》，我把京剧节目都用笔画出来，怕到时候错过收看。听收音机还好办，除了我，家里人没人听那玩意儿，所以收音机成了我童年最亲密的伙伴，就连地方台的京剧节目我都准时收听，就是信号不好，一会儿清楚一会儿不清楚，急得我够呛。电视就不行了，家里人想看电视剧，不想听京剧，只要我一听，他们就皱眉头，我只能顶着压力欣赏。

小时候想考戏校，可惜出生在平民家庭，没有一个人能辅导我，或者说帮我找个老师。如果我小时候，父母跟现在的孩子家长似的，拼命给孩子报辅导班，估计我也成京剧演员了，也就没有说单口相声的方清平了。

当然了，这种假设很可能不成立，因为我的嗓音条件太差了，没什么高音，属

215

于"破锣嗓子"。但是现在我有空就找中国戏曲学院的韩胜存老师学戏。韩老师是京剧名角儿，是带研究生的教授，辅导我这个票友绰绰有余。他还是谭元寿先生的弟子，绝对正门正派，教出来的东西地道。

韩老师为人豪爽、热情，好交朋友，教我唱戏，不但不收学费，还送我行头、髯口。没事儿我们就聚在一起吃个饭，饭前韩老师给我说说戏，唱两段儿。唱累了连吃带聊，又长本事又开心。韩老师可以说是我唱京剧的引路人。

我跟韩老师有得聊，还有一个原因，除了京剧，我们还有一个共同的爱好——中国书画。韩老师画山水，学画时间比我早得多，跟许多名家学习过，山水画达到了专业水平。我就不行了，是个书画的初学者，没学几年时间。

年轻的时候，看人家画画儿我就烦。那我怎么喜欢上书画了呢？四十多岁的时候，我唯一的爱好是喝酒，可是身体原因又喝不了酒，想戒酒就得发展新的爱好，那时候文玩热，我就喜欢上了盘串儿。当然了，没少花冤枉钱。

2015年，我参演杨亚洲老师导演、冯巩老师主演的电视剧《生活有点儿甜》，在戏里我演赖积极。同组的演员有班赞，三十多岁，中戏毕业，在人艺又当演员又当导演，非常有才。可惜英年早逝，四十岁就离开了我们。

班赞是我学习书画的引路人。他从小练书法，字写得非常好。见我拍戏间隙总是盘串儿，就跟我说："你要是练起书法来，就会觉着这些东西没啥意思了。"我觉着学习书画兴许能对戒酒有好处，于是说："回头我试试。"班赞也是个热心人，第二天就给我买了文房四宝，还有字帖，我开始写《曹全碑》。

从那时开始，我就着了魔似的，一天不动笔，手就痒痒。写了几年隶书，觉着不过瘾了，又开始画画儿。曾任保利、瀚海、荣宝斋等数家拍卖公司首席拍卖师的刘新惠先生，是资深的书法家和艺术品鉴赏家，他对我画画的帮助很大。

刘新惠先生主持过几千场书画拍卖会，见识极广，品位很高。他说让我学习谁的风格，肯定对路子，适合我，而且格调高，不会走弯路。他也喜欢京剧，跟韩胜存老师，我们几个人隔几天不聚会就觉着别扭。凑在一块儿不在乎吃什么，主要是聊聊天儿，我又学京剧又学书画，受益匪浅。

刘新惠先生还是位大收藏家，他鉴定书画、古董眼力极高。有一次我们聚餐，有个哥们儿说给我送点儿酒来，听说刘新惠先生在场，就拿出两张画作让刘先生看。那是两张溥如的画作，他准备花几百万买回来。刘新惠先生经手过的溥如的画儿很多，自己也有收藏，一看画，"不真。"一说其中门道，这哥们儿心服口服，连呼自己幸运。

这哥们儿给刘新惠先生送去几瓶酒，感谢他替自己避免了几百万的损失。

吃饭聊天的时候，刘新惠先生还经常给我们讲起收藏界的趣事，不但听起来好玩儿，而且能揭露出人性来。他说准备出书，我们都期待着。今天我先写两个，您看个新鲜。

在北京的一条胡同里，住着普普通通的老两口儿，靠退休金生活，衣食不愁。20世纪60年代，老头儿从单位拉回来一张木床，一直在上面堆放杂物。随着电视台掀起的收藏热，老头儿也请专家给掌掌眼。这一鉴定不得了，这木床是清朝皇宫里出来的，黄花梨的，人家当时就要出几百万收藏。

老头儿多了个心眼儿，我再找别的藏家问问价儿去，别卖低喽。这一下消息可就传出去了，藏家们纷纷来寻宝，最后价格一直抬到了八千万。老头儿还是没卖，因为藏家越是抬价，他的欲望越高，给多少钱都嫌少，还想等下一个藏家出更高的价格。有的藏家还有这么个毛病，自己买不了，也不让别人买。于是临走时候故意撂下一句，"您这可是好东西，买主儿不给到一个亿，千万别出手。"

这可把老头害啦，这张床就算砸手里了。老头天天守着个几千万的物件，靠退休金生活。但是日子也不平静啊，床还没卖出去哪，儿女们为分财产先打起来了。老头儿住大杂院，床放小厨房，万一着火怎么办？让人破坏了怎么办？又租了个楼房住，每月光租金好几千，每月生活费就剩几百块钱啦。

守着几千万的家产，天天买处理的菜叶子吃，您说冤不冤？

再说一个靠收藏发家的事儿。这人就是个普通的无业游民，没钱没势，但是当代很多名家的真迹，他手里都有。怎么来的呢？就靠仨字儿——厚脸皮。

别让他知道画家的行踪，只要知道了，别管是家还是宾馆，那是二十四小时在门外蹲守，画家一出来就跪在地上要画儿。"我就喜欢您的画儿，我没钱买，您送我一张吧。"画家参加画展，讲学，聚会，他是步步紧跟。

画家拿他有什么办法？人家又没犯法，报警也没用。揍他一顿？那更吃上你了。天天在身边恶心你受不了呀，为买清静，画张小画儿给他吧。他还不干哪，"这画儿太小，我要四尺整张的。"这就叫"厚脸皮，所向无敌"。

跟您唠叨了这么多，估计您快听烦了。咱换换花样儿，让您看看我的画儿。我画画儿没功底，主要是为自己开心。我是个说相声的，一天到晚琢磨包袱儿，所以我画画儿也以逗乐为主，我起个名字叫"相声画"。文人画的叫"文人画"，名人画的叫"名人画"，我只是个普通说相声的，就叫"相声画"吧。

权当一乐，博君一笑。

树招你啦

清平

只因媳妇美
上山当土匪

清平

儿时读水浒
李达使大爷

清平

再怂的人世有个江湖梦

清平

清平

牛郎恋刘娘
刘娘连年念
牛郎　清平

清平沐手

清平福来　老方

菩提本无树
明镜亦非台
本来无一物
画它干嘛呀

清平

十方清平

蜗牛也是牛

清平

蛙鸭鸭

清平

孤獨的蛤蟆骨朵

清平

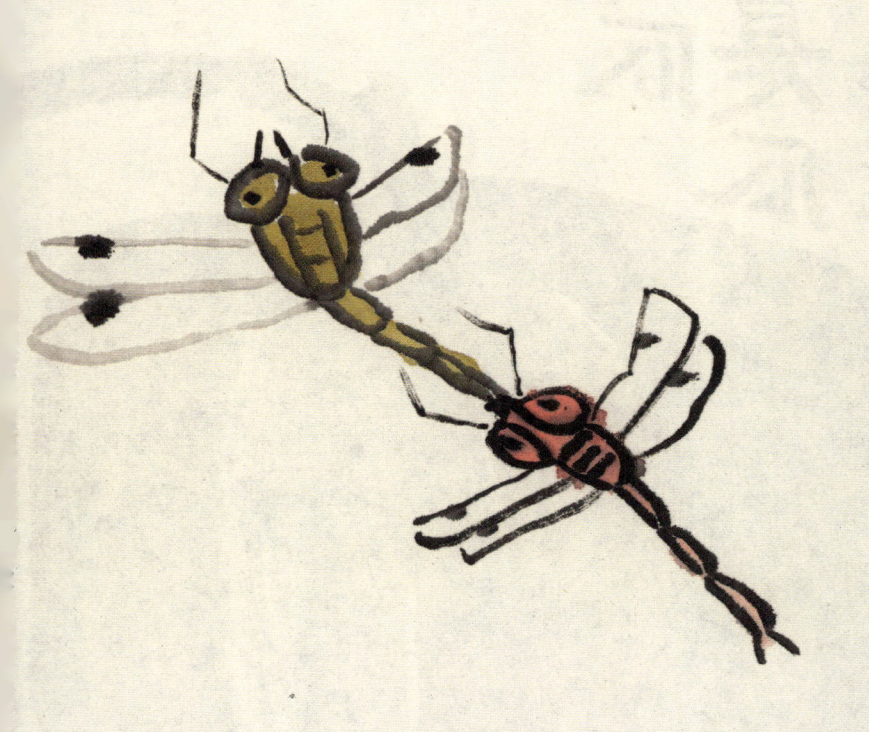

清平

方

傻瓜
也是瓜
清平